Fiódor Dostoievski

UNA HISTORIA DESAGRADABLE

Fiódor Dostoievski

UNA HISTORIA DESAGRADABLE

Ilustraciones de
Kenia Rodríguez

Traducción de
Marta Sánchez-Nieves

Nørdicalibros
2021

Título original: *Skverny anekdot*

Este libro ha partido de una colaboración con el seminario de ilustración de texto literario impartido por Gabriela Rubio en el Postgrado en
ilustración para publicaciones infantiles y juveniles de EINA, Centro
Universitario de Diseño y Arte de Barcelona

EINA Centre Universitari
de Disseny i Art de Barcelona
Adscrit a la UAB

© De las ilustraciones: Kenia Rodríguez

© De la traducción: Marta Sánchez-Nieves

© De esta edición: Nórdica Libros, S. L.

Doctor Blanco Soler, 26

28044 Madrid

Tlf: (+34) 917 055 057

info@nordicalibros.com

Primera edición: octubre de 2021

ISBN: 978-84-18451-85-0

Depósito Legal: M-26901-2021

IBIC: FA

Thema: FBA

Impreso en España / *Printed in Spain*

Gracel Asociados
(Alcobendas, Madrid)

Diseño de colección y maquetación: Diego Moreno

Corrección ortotipográfica: Victoria Parra y Ana Patrón

Esta historia desagradable ocurrió precisamente al mismo tiempo en que empezaba, con gran e incontenible fuerza y con un ímpetu conmovedor en su inocencia, el renacimiento de nuestra amada patria y la aspiración de todos sus valerosos hijos por nuevos destinos y esperanzas. En esa época, un invierno, una noche clara y heladora, por cierto que pasadas ya las once, tres hombres en extremo respetables se encontraban en una estancia cómoda y podría decirse que lujosamente adornada, en una bonita casa de dos plantas en el Lado de Petersburgo,[1] y se dedicaban a una conversación seria y excelente sobre un tema bastante curioso. Estos tres hombres ocupaban sendos puestos con el grado de general. Estaban sentados alrededor de una mesa pequeña, cada uno en un sillón mullido y bonito y, mientras conversaban, tranquila y placenteramente daban pequeños sorbos de champaña. La botella estaba allí mismo, en la mesa, en una jarrita de plata con hielo.

---

[1] Antiguo barrio de la ciudad, por entonces bastante apartado del centro. (*Todas las notas son de la traductora*).

El caso es que el anfitrión, el consejero privado Stepán Nikíforovich Nikíforov, un viejo solterón de unos sesenta y cinco años, estaba de celebración: se había mudado a una casa recién comprada y era, además, el día de su cumpleaños, que resulta que había coincidido y que hasta entonces nunca había celebrado. Por cierto que la celebración no era gran cosa; ya hemos visto que solo tenía dos invitados, ambos antiguos compañeros de servicio del señor Nikíforov y antiguos subordinados suyos, a saber: el consejero de estado Semión Ivánovich Shipulenko y otro más, el también consejero de estado Iván Ilich Pralinski. Habían llegado hacia las nueve, para tomar el té y una cena ligera, después pasaron a la bebida y sabían que a las once y media en punto debían irse a casa. Al anfitrión le gustaba la regularidad de toda la vida. Dos palabras sobre él: había empezado su carrera como un pequeño funcionario corto de medios, se tomó con muchísima calma unos cuarenta y cinco años, sabía muy bien qué grado podía alcanzar, no soportaba destacar o, como suele decirse, brillar en el cielo más que otras estrellas —aunque ya tenía dos— y, sobre todo, no le gustaba expresar su opinión personal, se hablara de lo que se hablase. Era, además, honrado, es decir, no había tenido que hacer nada demasiado deshonroso; estaba soltero porque era egoísta; no era en absoluto tonto, pero no soportaba demostrar su inteligencia; sobre todo no le gustaban ni el desaseo ni el arrebatamiento, pues lo consideraba un desaseo moral, y al final de su vida se había sumido por completo en una comodidad dulce e indolente y una soledad sistemática. Aunque a veces iba de visita a casa de gente de mejor condición, ya de joven no soportaba tener invitados, pero últimamente, si no jugaba al solitario, se contentaba con la compañía de su reloj de sobremesa y durante tardes enteras escuchaba sin inmutarse, mientras dormitaba en el sillón, el tictac bajo la campana de cristal, sobre la chimenea. Era de apariencia excepcionalmente decente y siempre iba bien afeitado, parecía más joven de lo que era, se conservaba bien, prometía vivir aún muchos años y observaba una muy estricta caballerosidad. Su cargo era bastante cómodo: asistir a alguna que otra reunión y echar firmas. En resumen, se le consideraba un hombre excelentísimo. Solo había tenido una pasión, aunque sería mejor decir un deseo muy fuerte: tener su propia casa, y justamente una casa levantada a la manera de los grandes señores, y no para sacar capital. Su deseo por fin se había hecho realidad: había buscado y comprado una casa en el Lado de Petersburgo, cierto que lejos, pero era una casa con jardín y, además, una casa elegante. El nuevo dueño pensaba que era bueno que estuviera lejos: no le gustaba recibir visitas y, para ir a casa de alguien o a sus obligaciones, tenía un bonito coche de dos plazas color chocolate, al cochero Mijéi y dos pequeños pero robustos y bonitos caballos. Todo eran bienes adquiridos con su economía cuarentenal y minuciosa, por lo que su corazón se regocijaba. Y por eso, una vez adquirida la casa y habiéndose mudado a ella, Stepán Nikíforovich sintió tal placer en su tranquilo corazón que hasta tuvo invitados el día de su cumpleaños, algo que antes ocultaba cuidadosamente a sus conocidos más cercanos. Con uno de los invitados había hecho sus propios cálculos. En la casa, había ocupado el piso superior, mientras que para el inferior, también construido y amueblado, necesitaba un inquilino. Stepán Nikíforovich tenía puestas sus esperanzas en Semión Ivánovich Shipulenko, y esa tarde por dos veces llevó la conversación a ese tema. Pero ante estos cálculos, Semión Ivánovich respondía con el silencio. Era un hombre que también se había abierto camino con tenacidad y tiempo, de pelo y patillas negras y con un tono de permanente ictericia en el rostro. Estaba casado, era un hombre casero y hosco, llevaba su casa a base de miedo, servía con seguridad en sí mismo, también sabía perfectamente hasta dónde llegaría y aún más hasta dónde no llegaría nunca, ocupaba un buen puesto y lo ocupaba con mucha firmeza. A los nuevos usos que habían empezado los miraba no sin amargura, pero tampoco se inquietaba especialmente: era muy seguro y no sin maldad burlona escuchaba las peroratas de Iván Ilich Pralinski sobre los temas nuevos. Por cierto que todos ellos estaban ligeramente alegres, así que hasta Stepán Nikíforovich se mostró condescendiente con el señor Pralinski e inició una pequeña disputa a cuenta de los nuevos usos. Pero, ahora, unas pocas palabras sobre su excelencia el señor Pralinski, tanto más cuanto que él es el protagonista del inminente relato.

Al consejero de estado Iván Ilich Pralinski solo hacía cuatro meses que lo llamaban excelencia, en resumen, era un general joven. También por sus años era joven, tendría unos treinta y tres, no más, aunque parecía y le gustaba parecer más joven. Era un hombre guapo, alto, hacía alarde de traje y del aire imponente y refinado que tenía con él, llevaba con gran soltura la expresiva orden al cuello, ya de pequeño había adquirido algunas maneras del gran mundo y, siendo soltero, soñaba con una novia rica e incluso de dicho mundo. Soñaba con muchas otras cosas, aunque distaba mucho de ser tonto. A veces hablaba mucho y también gustaba de adoptar posturas parlamentarias. Provenía de una buena familia, era hijo de general y algo haragán; en su más tierna infancia vistió de terciopelo y batista, se instruyó en una institución aristocrática y, aunque no extrajo de ella muchos conocimientos, en el servicio sí estuvo rápido y llegó al generalato. Sus superiores lo tenían por un hombre capaz e incluso habían puesto esperanzas en él. Stepán Nikíforovich, bajo cuyo mandato había empezado y continuado su servicio casi hasta el generalato, nunca lo había tenido por un hombre muy eficiente y no tenía puesta en él esperanza alguna. Pero le gustaba que fuera de buena familia, que tuviera bienes, es decir, una casa grande y sólida con administrador, emparentado con personas de primera y, por si esto fuera poco, estaba dotado de prestancia. Stepán Nikíforovich lo censuraba interiormente por su exceso de imaginación y por su frivolidad. El propio Iván Ilich sentía a veces que estaba en exceso pagado de sí mismo y que incluso era cosquilloso en demasía. Y, cosa extraña, de cuando en cuando le daban ataques de ciertos escrúpulos enfermizos e incluso de un ligero arrepentimiento por algo. Con amargura, con una espinita secreta en el alma, a veces se confesaba que, en realidad, no volaba tan alto como creía. En esos minutos hasta caía en una especie de abatimiento, sobre todo cuando se le inflamaban las hemorroides, calificaba su vida de *une existence manquée,*[2] dejaba de creer, se sobreentiende que en sí mismo, incluso en sus aptitudes parlamentarias, tildándose de palabrero y de parlador, aunque esto le hubiera hecho conquistar no pocos honores; sin embargo todo esto no le impedía en modo alguno volver a alzar la cabeza al cabo de media hora y, con mayor insistencia todavía, con mayor insolencia, envalentonarse y asegurarse que todavía tenía tiempo de darse a conocer y que sería no solo un alto funcionario, sino todo

---

[2] En francés, «existencia fallida».

un hombre de estado al que Rusia recordaría por muchos años. Algunas ocasiones, hasta se imaginaba monumentos. Con todo esto queda claro que Iván Ilich sí que buscaba brillar en las alturas, aunque también hacerlo con hondura, incluso con cierto temor ocultaba en su interior sus sueños y esperanzas. En resumen, era un hombre bueno e incluso tenía alma de poeta. En los últimos años, los momentos lastimeros de desencanto habían empezado a visitarlo con mayor frecuencia. De alguna manera, se había vuelto especialmente irritable, desconfiado, y estaba dispuesto a tomar por ofensa cualquier objeción que se le hacía. Pero la Rusia en renovación le brindó de repente grandes esperanzas. Había alcanzado la cima del generalato. Se recobró, irguió la cabeza. De pronto empezó a hablar mucho y con elocuencia, a hablar sobre los temas más nuevos que había hecho suyos con una rapidez y un repente excepcionales, hasta con rabia. Buscaba ocasiones para hablar, se recorría la ciudad y en muchos lugares llegó a echar fama de liberal empedernido, con lo que se sentía muy halagado. Esa tarde, habiéndose tomado unas cuatro copas, estaba especialmente desatado. Quería que Stepán Nikíforovich, al que antes de esto hacía mucho que no veía y al que hasta entonces siempre había tenido estima e incluso escuchado, mudara su parecer respecto a todo. Por alguna razón, consideraba que era un retrógrado y lo atacó con increíble ardor. Stepán Nikíforovich casi no replicaba, simplemente lo escuchaba con aire risueño, a pesar de que el tema sí le interesaba. Iván Ilich estaba acalorado y, en el ardor de la discusión imaginaria, bebía de su copa más de lo debido. Entonces Stepán Nikíforovich tomaba la botella y enseguida le rellenaba la copa, lo que, por algún motivo desconocido, empezó a molestar a Iván Ilich, tanto más cuanto que Semión Iványch[3] Shipulenko, a quien despreciaba especialmente y, sobre todo, temía por su cinismo, guardaba un silencio bastante pérfido desde su sitio y se sonreía con más frecuencia de lo debido. «Creo que me toman por un crío», se figuró Iván Ilich.

—No, señores, es el momento, hace mucho que lo era —continuó acalorado—. Ya nos hemos retrasado bastante y, a mi parecer, el humanitarismo es lo primero, el humanitarismo con los subordinados, recordando que también ellos son personas. El humanitarismo salvará todo y nos sacará de todo apuro…

—Ji, ji, ji —se oyó desde el lado donde estaba Semión Iványovich.

—Pero ¿por qué nos reprende así? —replicó finalmente Stepán Nikíforovich con una sonrisa amable—. Le confieso, Iván Ilich, que por el momento no

---

[3] Alternancia habitual de la forma completa, normativa, de los patronímicos (Ivánovich, Nikíforovich) con la variante sincopada, coloquial (Iványch, Nikíforych).

logro poner en claro qué está teniendo a bien contarnos. Nos ha presentado al humanitarismo. ¿Es como la filantropía, quizá?

—Sí, quizá sea filantropía también. Yo…

—Permítame, entonces. Por cuanto yo puedo juzgar, no se trata solo de eso. La filantropía siempre ha sido necesaria. Sin embargo, la reforma no se limita a ella. Se han planteado cuestiones campesinas, judiciales, económicas, tributarias, morales y… y… no acaban nunca las cuestiones, y todas juntas, todo de una vez puede engendrar grandes, por así decirlo, vacilaciones. Y recelamos de estas, no del humanitarismo…

—Así es, señores, el asunto es mucho más profundo —señaló Semión Ivánovich.

—Bien lo sé, y permítame indicarle, Semión Ivánovich, que en modo alguno he convenido en desprenderlo a usted de la hondura de comprensión de las cosas —respondió Iván Ilich incisivo y con excesiva brusquedad—, sin embargo, aun así, tomo para mí la osadía de indicarle, Stepán Nikíforovich, que usted tampoco me ha entendido a mí…

—Así es.

—Y, entretanto, precisamente yo me mantengo y por doquier aplico la idea de que el humanitarismo, y precisamente el humanitarismo con los subordinados, desde un funcionario a un escribano, desde un escribano a un criado de la casa, desde un criado a un simple aldeano, el humanitarismo, les digo, puede servir de piedra angular, digámoslo así, de las futuras reformas y, en general, para la renovación de las cosas. ¿Por qué? Porque es así. Tomemos un silogismo: yo soy humanitario, por consiguiente, a mí se me quiere. A mí se me quiere, así pues, sienten confianza. Sienten confianza, así pues, creen. Creen, así que me quieren…, es decir, no, lo que quiero decir es que, si creen, van a creer también en la reforma, comprenderán, por así decirlo, la propia esencia del asunto y se abrazarán, por así decirlo, con ética, y resolverán todo el asunto de forma amistosa, con fundamentos. ¿De qué se ríe, Semión Ivánovich? ¿No lo ha comprendido?

Stepán Nikíforovich enarcó las cejas en silencio, estaba sorprendido.

—Me parece que he bebido un poco de más —señaló Semión Iványch con malicia—, y por eso estoy duro de entendimiento. Tengo la cabeza algo ofuscada.

Iván Ilich se agitó.

—No aguantaremos —dijo de repente Stepán Nikíforych después de una breve reflexión.

—¿Qué quiere decir con que no aguantaremos? —preguntó Iván Ilich, sorprendido ante el inesperado y fragmentado comentario de Stepán Nikíforovich.

—Que no aguantaremos. —Era evidente que Stepán Nikíforovich no quería extenderse.

—¿No se referirá usted al vino nuevo y a los odres nuevos?[4] —no sin ironía replicó Iván Ilich—. Ah, no, bueno, yo respondo por mí mismo.

En ese momento el reloj marcó las once y media.

—Se quedan un rato, luego otro más, siguen comiendo... —dijo Semión Iványch, disponiéndose a levantarse de su sitio. Pero Iván Ilich se le anticipó, se levantó enseguida de la mesa y tomó de la chimenea su gorro de piel de marta. Miraba con aire ofendido.

—Entonces, Semión Iványch, ¿qué opina? —dijo Stepán Nikíforovich mientras despedía a sus invitados.

—¿Sobre el piso? Lo pensaré, lo pensaré.

—En cuanto haya terminado de pensar, comuníquemelo enseguida.

—¿Siguen con sus negocios? —señaló el señor Pralinski con amabilidad y con cierta adulación, mientras jugueteaba con el gorro. Le parecía que se habían olvidado de él.

Stepán Nikíforovich enarcó las cejas y guardó silencio, como señal de que no retenía más a sus invitados. Semión Iványch se despidió a toda prisa.

«Bueno..., nada, si es lo que quieren... No entienden un simple comentario amable», resolvió para

---

[4] Referencia a la parábola del Nuevo Testamento (Mateo 9, 17, Marcos 2, 22 o Lucas 5, 38-39).

sí el·señor Pralinski, y le tendió la mano a Stepán Nikíforovich como si no tuviera la menor importancia.

En la antesala, Iván Ilich se envolvió en su abrigo de piel ligero y caro, intentando por alguna razón
no reparar en el de piel de mapache y ya gastado de
Semión Iványch; los dos empezaron a bajar por la es-
calera.

—Nuestro viejito parece que se hubiera ofendido
—dijo Iván Ilich a un silencioso Semión Iványch.

—No, ¿por qué iba a hacerlo? —respondió este en
tono tranquilo y frío.

«¡Serás lacayo!», pensó Iván Ilich.

Salieron al porche. A Semión Iványch le acercaron
su trineo, con un potrillo rucio y feúcho.

—¡Maldito sea! Pero ¿dónde ha metido Trifon mi
coche? —exclamó Iván Ilich al no ver su carruaje.

Ni por un lado ni por el otro: el coche no estaba. El
criado de Stepán Nikíforovich no tenía noticia alguna
sobre él. Se digirieron a Varlam, el cochero de Semión
Iványch, y recibieron como respuesta que él había estado allí todo el rato y que el coche también había estado,
pero que ahora, ya ven, no estaba.

—¡Vaya historia desagradable! —dijo el señor
Shipulenko—. ¿Quiere que lo lleve?

—¡Pueblo ruin! —gritó Pralinski furioso—. Me
pidió el muy canalla acercarse a una boda, aquí mismo,
en el Lado de Petersburgo, una comadre suya se casaba,

¡así se la lleve el diablo! Le prohibí expresamente que se ausentara. ¡Pero apuesto a que se ha ido allí!

—Se ha ido allí —indicó Varlam—, así es, señor, pero prometió que regresaría al momento, que estaría cuando fuera necesario.

—¡Ya veo! ¡Mira que lo presentía! ¡Se va a enterar!

—Será mejor que le dé un buen latigazo a cuenta de esto, ya verá como luego cumple las órdenes —dijo Semión Iványch, mientras se cubría las piernas con la manta del trineo.

—Por favor, no se preocupe, Semión Iványch.

—Entonces, ¿no quiere que lo lleve?

—Buen viaje, *merci*.

Semión Iványch se marchó e Iván Ilich echó a andar por las pasarelas de madera, sintiendo que estaba bastante enfadado.

* * *

—Sí, ya verás, te vas a enterar bien, estafador. Me he ido andando a propósito, para que sientas que tienes que asustarte. Volverás y te enterarás de que tu *baryn* se ha marchado a pie… ¡Canalla!

Iván Ilich nunca maldecía así, pero estaba realmente furioso y, por añadidura, le zumbaba la cabeza. No era un hombre bebedor, por eso las cinco o seis copas enseguida le habían hecho efecto. Pero la noche era maravillosa. Helaba, pero la calma era increíble, no soplaba el viento. El cielo estaba sereno, estrellado. La luna llena bañaba la tierra con un brillo mate plateado. Se estaba tan bien que Iván Ilich, habiendo recorrido unos cincuenta pasos, casi se había olvidado de su desgracia. De alguna manera, empezaba a sentirse especialmente bien. Además, la gente afectada por una ligera embriaguez cambia rápido de impresión. Incluso empezaron a gustarle las deslucidas casitas de madera de la calle desierta.

—Es bastante placentero ir a pie —pensaba—. Será una lección para Trifon, y para mí una satisfacción. En verdad, hay que andar más a menudo. Qué se le va a hacer, en la avenida Bolshói encontraré enseguida un coche de punto. ¡Qué noche tan buena! Mira cómo son aquí todas las casas. Debe de vivir toda una caterva, funcionarios…, quizá comerciantes… ¡Y ese Stepán Nikíforovich! Qué retrógrados son todos, ¡viejos simplones! Así es, simplones, *c'est le mot*.[5] Cierto que es un hombre inteligente, tiene ese *bon sens*,[6] una comprensión sensata y práctica de las cosas. Pero viejos, ¡son viejos! No tienen el… ¿cómo se llamaba…? Bueno, hay algo que no tienen… ¡No aguantaremos! ¿Qué me quería decir con eso? Incluso estaba pensativo mientras hablaba. Por cierto que no me ha comprendido en ningún momento. ¿Y cómo puede no comprenderlo? Es más difícil no

---

[5] En francés, «esa es la palabra».
[6] En francés, «sentido común».

comprender que comprender. Lo importante es que yo estoy convencido, estoy convencido de corazón. La humanidad…, la filantropía. Devolver al hombre a su propio ser…, recuperar la dignidad propia y entonces… con el material preparado, ponerse a trabajar. Me parece que está claro. ¡Así es! Permítame, excelencia, tome un silogismo: recibimos, por ejemplo, a un funcionario, a uno pobre, temeroso. Bueno, ¿quién eres? Respuesta: un funcionario. Bien, un funcionario, seguimos: ¿qué clase de funcionario? Respuesta: un funcionario tal, dicen, uno tal. ¿Estás en activo?, ¿sirves? Sí, sirvo. ¿Quieres ser feliz? Sí. ¿Qué es imprescindible para la felicidad? Esto y lo otro. ¿Por qué? Porque sí… Y ahí tienen, el hombre me comprende con solo dos palabras: el hombre ya es mío, el hombre ha caído, digámoslo así, en la red y yo hago con él todo lo que quiero, es decir, por su bien. ¡Es un hombre desagradable ese Semión Iványch! ¡Y vaya cara desagradable la suya! Que lo azote por esto… Lo ha dicho a propósito. No, es un fanfarrón, dale tú los azotes si quieres, que yo no lo haré; acosaré a Trifon con la palabra, con reproches, y entonces sentirá. En cuanto al flagelo, hum…, es una cuestión no resuelta, hum… ¿Y si paso a ver a Emérance? Uf, diablos, ¡malditas pasarelas! —exclamó tras tropezar de repente—. ¡Y esta es la capital! ¡La ilustración! Si puedes romperte una pierna… Hum. Odio a ese Semión Iványch; tiene una cara repugnante. Esas risitas eran para mí, cuando dije: se abrazarán con ética. Bueno, se abrazarán, ¿y?, ni que te atañera a ti. Porque el abrazo no es para ti, sino más bien para un aldeano… Un aldeano me encontrará y con un aldeano hablaré. Por cierto que he bebido, quizá no me expresé como quería. Y puede que tampoco ahora me esté expresando como quiero… Hum… No voy a beber nunca. De lo que se dice por la tarde, por la mañana, nada. Qué se le va a hacer, al menos no voy dando tumbos… Por cierto que son todos unos estafadores.

Estas eran las deliberaciones de Iván Ilich, fragmentadas e inconexas, mientras seguía caminando por la acera. El aire fresco había obrado sobre él y, digámoslo así, lo sacudía. Al cabo de unos cinco minutos parecía estar más tranquilo y le entró sueño. Pero, de pronto, casi a dos pasos de la avenida Bolshói, sintió música. Miró a su alrededor. Al otro lado de la calle, en una casa de madera muy vieja, de una sola planta pero alargada, tenía lugar un gran festejo, aullaban los violines, crujía un contrabajo y con estridencia cantaba una flauta el tema de una cuadrilla muy alegre. Debajo de las ventanas estaba el público, sobre todo mujeres en cabriolé de guata y pañuelo en la cabeza; se esforzaban todo lo posible para distinguir algo por las rendijas de los postigos. Se veía que se estaban divirtiendo. El bullicio del pataleo de los danzantes llegaba hasta este lado de la calle. No lejos de él, Iván Ilich reparó en un guardia; se acercó a él.

—¿De quién es esta casa, amigo? —preguntó soltándose un poco el caro abrigo de piel, lo justo para que el guardia pudiera ver la expresiva orden al cuello.

—Del funcionario Pseldonímov, un *legistrador* —respondió el guardia poniéndose derecho, pues había podido distinguir al vuelo el distintivo.

—¿Pseldonímov? ¡Oh! ¡Pseldonímov! ¿Y qué es de él?, ¿es que se casa?

—Así es, señor excelentísimo, con la hija de un consejero titular. Mlekopitáiev, el consejero titular..., sirve en el consejo. La casa va con la hija.

—Así que ahora es la casa de Pseldonímov, no la de Mlekopitáiev.

—De Pseldonímov, señor excelentísimo. Era de Mlekopitáiev, pero ahora es de Pseldonímov.

—Hum... Te lo pregunto, amigo, porque soy su jefe. Soy general en el mismo lugar donde sirve Pseldonímov.

—Claro, excelencia —el guardia terminó de estirarse por completo, e Iván Ilich pareció quedarse pensativo. Estaba parado y pensaba...

Sí, en efecto, Pseldonímov era de su mismo negociado, de su misma oficina; ya se iba acordando. Era un funcionario menor, de los de unos diez rublos al mes de paga. Como el señor Pralinski había recibido su oficina en tiempos muy recientes, podía no acordarse con muchos pormenores de todos sus subordinados, pero de Pseldonímov sí se acordaba, precisamente a causa de su apellido. Le había saltado a los ojos a la primera, así que enseguida sintió curiosidad por observar más atentamente al dueño de un apellido así. Su memoria le trajo a un hombre todavía muy joven de nariz larga y aguileña, de cabello muy claro y a mechones, huesudo y mal alimentado, con un uniforme inadmisible y con unos calzones inadmisibles casi hasta lo indecoroso. Recordó que ya entonces se le pasó una idea por la cabeza: ¿no debería destinar por fiestas una decena de rublos a ese pobre hombre para un remiendo? Pero como la cara del pobre hombre era demasiado sosa y su mirada en extremo antipática —incluso causaba aversión—, esta bondadosa idea acabó evaporándose por sí sola, así que Pseldonímov se quedó sin recompensa. Y por eso fue bien grande la sorpresa que le ocasionó el propio Pseldonímov no haría ni una semana con una petición para casarse. Iván Ilich recordaba que, por alguna razón, no tuvo tiempo de ocuparse de ese asunto muy en detalle, así que el tema de la boda se decidió de pasada, a toda prisa. Aun así, recordó con exactitud que, junto con la novia, Pseldonímov aceptaba una casita de madera y cuatrocientos rublos en limpio; esta circunstancia lo había sorprendido entonces; recordaba haberse burlado un poco del encuentro de los apellidos Pseldonímov y Mlekopitáiev.[7] Se acordó con claridad de todo.

Mientras hacía memoria, seguía con sus reflexiones. Es sabido que, a veces, en un pequeño instante se nos pasa por la cabeza toda una serie de deliberaciones, en forma de cierta sensación, sin que se pueda traducir al lenguaje de los humanos y mucho menos al de la literatura. Pero nosotros intentaremos traducir todas estas sensaciones de nuestro protagonista y ofrecer al lector al menos la esencia de dichas sensaciones o, por así decirlo, lo más imprescindible y verosímil de ellas. Porque muchas de nuestras sensaciones, ya traducidas al lenguaje corriente, parecen realmente inverosímiles. Y por eso nunca ven la luz, aunque todos y cada uno las tenemos. Las sensaciones e ideas de Iván Ilich eran, claro está, un poco inconexas. Pero ustedes ya saben la causa.

—¡Vaya! —cruzó por su cabeza—. Nosotros venga a hablar y a hablar, tocas un determinado tema y, mira, ahora asoma. Un ejemplo, aunque sea con Pseldonímov: ha llegado hace poco de la ceremonia, emocionado, confiado, esperando comer y beber algo… Es uno de los días más dichosos de su vida… Ahora atiende a los invitados, ofrece un convite… modesto, pobre, pero alegre, animado, sincero… ¿Qué pasaría si se enterara de que en este mismo instante yo, yo, su superior, su jefe, estoy junto a

---

[7] De *mlekopitáiuschie*, «mamífero» en ruso.

su casa, que oigo su música? En efecto, ¿qué le sucedería? Es más, ¿qué pasaría si, de repente, yo cogiera y entrara? Hum... Al principio se asustaría, claro está, el desconcierto le dejaría mudo. Le molestaría, puede que estropeara todo... Sí, eso pasaría si entrara cualquier otro general, pero no conmigo... De eso se trata, con cualquier otro, salvo conmigo...

»¡Ya lo ve, Stepán Nikíforovich! Hace un momento usted no me comprendía, y ahora tiene un ejemplo a su disposición.

»Sí, señor. Todos hablamos a gritos sobre el humanitarismo, pero un acto de heroísmo, una hazaña, no estamos en condiciones de llevarla a cabo.

»¿Qué heroísmo? Este. Dese cuenta: bajo las actuales relaciones de todos los miembros de la sociedad, que yo... que yo, pasadas las doce de la noche, entre en la boda de mi subordinado, de un registrador de los de diez rublos, es motivo de desconcierto, es un giro total de ideas, el último día de Pompeya, ¡el caos! Nadie lo entendería. Stepán Nikíforovich se morirá sin haberlo entendido. Bien que lo dijo: no aguantaremos. Ustedes no, personas viejas, personas con parálisis y estancadas, yo sí, yo... ¡a-guan-ta-ré! Yo transformaré el último día de Pompeya en el día más dulce para mi subordinado, y mi proceder salvaje, en uno normal, patriarcal, sublime y moral. ¿Cómo? Así sin más. Sírvase prestar atención...

»Bueno… Supongamos que entro, se asombrarán, cesarán los bailes, me mirarán con susto, retrocederán. Así es, pero entonces yo me pronunciaré: iré directamente al asustado Pseldonímov y con la más afectuosa de las sonrisas, y también con las palabras más sencillas, diré: "Ya ve, estaba en casa de su excelencia Stepán Nikíforovich —así le diré, sí—. Supongo que lo conoces, es aquí mismo, en esta vecindad…". Bueno, luego de paso, con aire divertido, les contaré mi aventura con Trifon. De Trifon pasaré a que tuve que echar a andar… "Y oí la música, le pregunté por curiosidad al guardia y me entero, amigo, de que te casas. Ya ves, pensé en pasar por casa de un subordinado a ver cómo se divierten mis funcionarios y… se casan. No irás a echarme, supongo". ¡Echarme! Qué palabrita para un subordinado. ¡Qué diablos van a echarme! Creo que perderá la cabeza, me llevará enseguida a sentarme en un sofá, temblará encantado, puede que ni comprenda a la primera lo que está pasando…

»¿Qué puede haber más sencillo, más elegante que este proceder? ¿Para qué he entrado? ¡Esa es otra cuestión! Esto es ya, digámoslo así, el lado moral del asunto. ¡lo otro es el jugo!

»Hum…, ¿en qué estaba pensando? ¡Ah, ya!

»Por supuesto, me sentarán con el invitado más importante, algún consejero titular o algún pariente, un capitán ayudante retirado con la nariz colorada…

A esta gente tan curiosa Gógol los describió muy bien. Me presentan, se sobreentiende, a la joven, le dedico elogios, animo a los invitados. Les pido que no sean tímidos, que se diviertan, que continúen con los bailes, gasto bromas, me río... En resumen, soy amable y simpático. Yo siempre soy amable y simpático cuando estoy satisfecho conmigo... Hum..., huy, vaya, creo que todavía estoy un poco así..., es decir, no bebido sino algo...

»Se sobreentiende que yo, como caballero que soy, estaré al mismo nivel que ellos y de ninguna manera exigiré diferencias especiales... Pero moralmente, moralmente el tema es otro: ellos lo comprenderán y lo valorarán... Mi proceder resucitará en ellos toda nobleza... Me quedaré media hora... Puede que una hora. Me iré, claro está, justo antes de la cena, aunque ellos se afanarán, prepararán algo o lo calentarán, harán inclinaciones y saludos, y yo solo me tomaré una copa, repartiré felicitaciones, pero rechazaré la cena. Diré: estoy ocupado. Y en cuanto pronuncie la palabra *ocupado*, la cara de todos se volverá respetuosamente seria. Así recordaré con delicadeza que están ellos y que estoy yo, que hay una diferencia. Como el día y la noche. No es que yo quiera sugerirlo, pero, en fin... incluso es menester desde el punto de vista moral, no hay ni que decirlo. Por cierto que enseguida sonreiré, puede que hasta me ría un poco y así se les levantará el ánimo. Le gastaré otra bromilla a la joven, hum…, aún mejor, daré a entender que regresaré exactamente dentro de nueve meses como compadre, je, je. Seguro que alumbra para entonces. Porque se reproducen como conejos. Así que todos se reirán a carcajadas, la joven se pondrá colorada y yo, con sentimiento, le daré un beso en la frente, incluso le daré mi bendición… Y para mañana mi hazaña ya se conocerá en la oficina. Ya mañana volveré a ser riguroso, mañana volveré a ser exigente, incluso inflexible, pero todos sabrán quién soy. Conocerán mi alma, así me conocerán: "Es severo como jefe, pero como hombre… ¡es un ángel!". Y habré vencido, ya serán míos, yo soy el padre y ellos, los hijos… Bueno, ¿qué me dice, excelencia, Stepán Nikíforovich? Vamos, haga usted lo mismo…

»Porque, ¿sabe una cosa?: ¿comprende usted que Pseldonímov va a mencionar a sus hijos que el general en persona estuvo en el festín de su boda? ¡Y hasta tomó algo! Y estos hijos se lo contarán a sus hijos y estos a sus nietos, como una historia sagradísima, que un alto funcionario, que un hombre de estado (para entonces ya seré todo eso) les concedió el honor, etc., etc. Al humilde de moral yo levantaré, yo haré que se recupere… ¡Si recibe diez rublos al mes como paga! Si lo repitiera unas cinco veces o diez, o algo de ese estilo, ganaría popularidad por doquier… A todos se les quedaría grabado en el corazón y solo el diablo sabe qué resultaría después de esto, de la popularidad…

Así o más o menos así reflexionaba Iván Ilich (señores, qué no se dirá a veces un hombre cuando habla consigo, sobre todo si se encuentra en condiciones un tanto extravagantes). Todas estas reflexiones le pasaron por la cabeza en algunos medios minutos y, por supuesto, puede que se hubiera limitado a esas ensoñaciones y, habiendo logrado mentalmente que Stepán Nikíforovich se sintiera avergonzado, se hubiera dirigido tan tranquilo a su casa y se hubiera acostado. ¡Y muy bien que habría hecho! Pero toda la desgracia vino de que el minuto era extravagante.

Como a propósito, de repente, en ese mismo instante en su predispuesta imaginación se dibujaron los rostros de satisfacción de Stepán Nikíforovich y de Semión Ivánovich.

—¡No aguantaremos! —repetía Stepán Nikíforovich, sonriendo altanero.

—Ji, ji, ji —le secundaba Semión Ivánovich con su sonrisa más desagradable.

—¡Pues vais a ver cómo sí aguantamos! —dijo resuelto Iván Ilich, y hasta la cara le tomó calor. Bajó de la pasarela y con paso firme se dirigió al otro lado de la calle, a la casa de su subordinado, del registrador Pseldonímov.

***

Una estrella tiraba de él. Entró animado por la cancela abierta y con desprecio apartó de una patada a un gozque pequeño, desgreñado y ronco que, más por cumplir que por trabajo, se arrojó a sus pies lanzando ladridos roncos. Por un pequeño pavimento de madera llegó hasta el porche cubierto que salía al patio cual garita, y por tres escalones ruinosos de madera subió al diminuto zaguán. Aunque aquí ardía en un rincón un cabo de sebo o algo parecido a un quinqué, esto no impidió que Iván Ilich, que iba en chanclos, metiera el pie izquierdo en una galantina que habían sacado para que se enfriara. Iván Ilich se inclinó y observó con curiosidad, vio que había otros dos platos con alguna gelatina, así como dos moldes con *blanc-manger*, probablemente. La galantina aplastada parecía haberlo dejado confundido y por un instante muy pequeño tuvo este pensamiento: ¿no debería escabullirse ahora? Pero luego lo consideró algo muy bajo. Habiendo decidido que nadie lo había visto y que en modo alguno pensaban en él, se limpió a toda prisa el chanclo para ocultar toda huella, palpó la puerta revestida con fieltro, la abrió con ganas y se encontró en una antesala diminuta. Una de sus mitades estaba literalmente sepultada bajo capotes, caftanes de piel, cabriolés, capotas, bufandas y chanclos. En la otra se habían instalado los músicos: dos violines, una flauta y un contrabajo, en total, cuatro personas traídas de la calle, desde luego. Estaban sentados a una mesa pequeña de madera sin pintar, a la luz de una vela de sebo y a brazo partido apuraban la última figura de la cuadrilla. Por la puerta que se abría a la sala podía distinguir a los danzantes entre el polvo, el tabaco y el tufo. Había una alegría como frenética. Se oían carcajadas y gritos, chillidos de señoras. Los caballeros pataleaban cual escuadrón de caballería. Por encima de toda esa baraúnda sonaba la voz de mando del administrador del baile, un hombre increíble y extraordinariamente descarado que hasta se había abierto la chaqueta: «Los caballeros, adelante, *chaîne de dames, balancé!*», y otras frases por el estilo. Con cierta emoción, Iván Ilich se quitó el abrigo de piel y los chanclos y, con el gorro en la mano, entró en la estancia. Por cierto, ya no reflexionaba…

En un primer momento nadie reparó en él: todos estaban dando los últimos pasos de la danza que terminaba. Iván Ilich se quedó quieto, como aturdido, sin poder distinguir nada al detalle en ese embrollo. Volaban los vestidos de las señoras, los caballeros con cigarrillos de boquilla en los dientes… Luego voló la bufanda color celeste de una dama que la llevaba enganchada en la nariz. Tras ella, con un entusiasmo frenético, corría un estudiante de Medicina con el pelo desgreñado y formando un torbellino, y que lo empujó con fuerza al pasar. También pasó por allí a toda prisa, largo como una versta, un oficial de algún destacamento.

Con voz estridente y afectada lanzó un grito, mientras volaba y taconeaba junto con los demás: «¡Ah, Pseldonímushka!». Debajo de los pies de Iván Ilich había algo pegajoso: por lo visto, habían empapado bien de cera el suelo. En la estancia, que no era muy pequeña, por cierto, había hasta treinta invitados.

Pero un minuto después la cuadrilla se acabó y casi al instante sucedió lo que se había imaginado Iván Ilich mientras soñaba en las pasarelas. Por entre los invitados y los danzantes, que ni tiempo habían tenido de recuperar el aliento y de secarse el sudor de la cara, se propagó un ruido sordo, un cuchicheo un tanto extraño. Todos los ojos, todos los rostros empezaron a girarse rápidamente hacia el huésped recién llegado. Después, todos a una comenzaron a retroceder y a recular poco a poco. Tiraban de la ropa a quienes no se habían dado cuenta y se mostraban juiciosos. Estos miraban en derredor y acto seguido reculaban junto con los demás. Iván Ilich seguía de pie junto a la puerta, sin haberse adelantado ni un paso, y entre él y los invitados se iba clareando cada vez más espacio abierto, cuyo suelo estaba sembrado de innumerables papelitos de bombones, billetitos y puntas de cigarrillos. De repente, a este espacio avanzó tímidamente un joven en uniforme de civil, de pelo rubio enmarañado y nariz aguileña. Avanzaba encorvado y mirando al inesperado huésped exactamente con la misma mirada con la que un perro mira a su dueño cuando este lo llama para darle un puntapié.

—Hola, Pseldonímov, ¿me conoces…? —dijo Iván Ilich y en ese mismo instante sintió que lo había dicho con una torpeza terrible; sintió también que quizá en ese momento estaba haciendo una tontería terribilísima.

—¡E-e-exce-lencia…! —farfulló Pseldonímov.

—Bueno, bueno… Como probablemente tú mismo imaginas, amigo, he pasado a verte por mera casualidad…

Pero era evidente que Pseldonímov era incapaz de imaginarse nada. Estaba parado con los ojos desencajados de espantosa perplejidad.

—Confío en que no vas a echarme, ¿verdad…? A buenas o no, vamos, ¡acoge a tu huésped! —continuó Iván Ilich sintiendo que su desconcierto lo llevaba a una inconveniente debilidad; quería sonreír, pero ya no podía, y sentía también que el relato humorístico sobre Stepán Nikíforovich y Trifon se volvía cada vez más imposible. Y Pseldonímov, como a propósito, no salía de su pasmo y continuaba mirándolo con aire de completo idiota. Iván Ilich se estremeció; sentía que, un minuto más así, y se sucedería un increíble caos.

—No estaré siendo una molestia… Debería irme… —pronunció apenas, y una venita empezó a temblarle en la comisura derecha de los labios.

Pseldonímov volvió en sí.

—¡Válgame el cielo, excelencia! Es un honor… —farfulló inclinándose precipitadamente—. Háganos el honor de tomar asiento… —Y ya más recobrado, le indicó con ambas manos un sofá, del que habían apartado la mesa para que se pudiera bailar.

El alma de Iván Ilich se sintió descansada, y se dejó caer en el sofá; enseguida alguien se lanzó a arrimar la mesa. Iván Ilich hizo una inspección rápida y se dio cuenta de que era el único que estaba sentado, mientras que todos los demás estaban de pie, incluidas las señoras. Mala señal. Pero no era el momento de mencionarlo o de animar a nada. Los invitados seguían retrocediendo y delante de él seguía estando solo Pseldonímov, encorvado, todavía sin comprender nada y ni mucho menos sonriente. En resumen, era desagradable: en ese momento nuestro protagonista soportaba tanto tormento que su incursión cual Harun al-Rashid[8] en casa de su subordinado y por mor de sus principios en verdad podía considerarse una hazaña. De pronto, una figura apareció junto a Pseldonímov y empezó a inclinarse en señal de respeto. Para su indescriptible placer e incluso felicidad, Iván Ilich reconoció al instante a un

---

[8] Califa de Bagdad protagonista de *Mil y una noches*. En los cuentos rusos, es una forma irónica de llamar al hombre rico que derrocha generosidad y preocupación por los pobres.

jefe de sección de su oficina, a Akim Petróvich Zúbikov, del que no era conocido, por supuesto, pero al que tenía por un funcionario diligente y callado. Se puso en pie de inmediato y le tendió la mano a Akim Petróvich, la mano entera, no solo dos dedos. Este la tomó con ambas manos en señal de su más sentido respeto. El general lo celebraba: estaba salvado.

En verdad, ahora ya Pseldonímov tenía no el papel del segundo, por así decirlo, sino del tercero. Podía dirigir el relato directamente al jefe de sección, tomándolo a causa de la necesidad por un conocido hasta cercano, mientras que Pseldonímov podía limitarse a callar y temblar de agradecimiento. Por consiguiente, el decoro quedaba observado. Y el relato resultaba imprescindible, veía que todos los invitados aguardaban algo, que en ambas puertas se agolpaba toda la gente de la casa y por poco no se encaramaban unos encima de otros con tal de verlo un momento y escucharlo. Lo desagradable era que el jefe de sección, en su torpeza, todavía no se había sentado.

—Pero, por favor… —articuló Iván Ilich, señalando incómodo que tomara asiento a su lado en el sofá.

—Huy, válgame el cielo…, aquí, yo… —Y Akim Petróvich se sentó rápido en una silla que le ofreció casi al vuelo Pseldonímov, obstinado en quedarse de pie.

—Puede imaginarse la situación —empezó Iván Ilich, dirigiéndose únicamente a Akim Petróvich con voz un tanto temblorosa pero ya desenvuelta. Hasta alargaba y separaba las palabras, acentuaba las sílabas, empezó a pronunciar la letra a como una especie de e, en resumen, incluso él sentía y comprendía que melindreaba, pero ya no lograba concordar consigo mismo: estaba obrando alguna fuerza externa. Se daba perfecta cuenta, y era muy doloroso.

—Ya puede imaginarse usted, acababa de salir de casa de Stepán Nikíforovich Nikíforov, quizá haya oído hablar de él, es consejero privado... Bueno, estuvo en esa comisión...

Con reverencia, Akim Petróvich inclinó hacia delante todo el cuerpo, claro, decía, cómo no haber oído hablar...

—Ahora es tu vecino —continuó Iván Ilich, dirigiéndose un instante a Pseldonímov, por decoro y por soltura, pero enseguida le dio la espalda, al ver en los ojos de Pseldonímov que a este le daba completamente igual.

—El viejo, como usted sabe, ha soñado toda su vida con comprarse una casa... Bueno, pues la ha comprado. Una casa muy buena, como es debido. Así es... Y entonces llegó también su cumpleaños, y, ya ve, antes nunca lo había celebrado, incluso nos lo ocultaba, se negaba por avaro, je, je. Pero ahora estaba tan contento con la casa nueva que me invitó a mí y a Semión Ivánovich. Ya sabe, Shipulenko.

Akim Petróvich volvió a inclinarse. ¡Y lo hacía con diligencia! Iván Ilich sintió cierto consuelo. Aunque se le pasaba también por la cabeza la idea de que quizá el jefe de sección hubiera adivinado que, en ese momento, él era un punto de apoyo imprescindible para su excelencia. Esto habría sido lo más desagradable de todo.

—Hemos estado allí los tres, nos ha ofrecido champaña, hemos hablado de nuestras cosas… Ya sabe, de esto, de lo otro…, de cues-tio-nes… Hasta hemos discutido… Je, je…

Akim Petróvich, respetuoso, enarcó las cejas.

—Aunque no iba a hablarle de eso. Me despido al fin de él, es un viejo ordenado, se acuesta pronto, ya sabe usted, los años… Salgo… ¡y mi Trifon no está! Me alarmo e indago: ¿dónde se han metido Trifon y el coche? Se descubre que, contando con que me iba a quedar largo rato, se había marchado a la boda de su comadre o de su hermana…, bueno, Dios sabrá de quién. Por aquí mismo, en el Lado de Petersburgo. Y, de paso, se había llevado el coche. —El general, de nuevo por decoro, miró un momento a Pseldonímov. Este se encogió sin tardar, pero en absoluto de la forma que era menester para el general. «No tiene compasión ni corazón», pensó.

—¡Qué me dice! —dijo Akim Petróvich, profundamente afectado. Un breve bullicio recorrió el gentío.

—Puede imaginarse mi situación… —Iván Ilich miró a todos—. No podía hacer nada, eché a andar.

Pensé en acercarme poco a poco a la avenida Bolshói y encontrar ahí a algún cochero temporal… Je, je…

—Ji, ji, ji —contestó respetuoso Akim Petróvich. Un nuevo bullicio, pero este ya recorrió el gentío en un tono alegre. En ese momento se quebró con un crujido el cristal de una lámpara de pared. Alguien se lanzó fervoroso a arreglarlo. Pseldonímov se estremeció y lanzó una mirada severa a la lámpara, pero el general no le dio importancia y volvió la calma.

—Así que voy andando y la noche está tan bella, tan tranquila… De pronto oigo música y unos pataleos, alguien baila. Le pregunto por curiosidad al guardia: Pseldonímov se casa. Pero, amigo, ¿es que das un baile para todo el Lado de Petersburgo? Ja, ja —de repente, volvió a dirigirse a Pseldonímov.

—Ji, ji, ji… Así es, así es… —respondió cual eco Akim Petróvich; los invitados volvieron a moverse, pero lo más absurdo de todo era que Pseldonímov, aunque volvió a inclinarse, ni siquiera ahora había esbozado una sonrisa, parecía de madera. «¿Es que es idiota? —pensó Iván Ilich—. Hasta un asno habría sonreído y ya todo habría ido como la seda». La impaciencia le hervía en el corazón. «Se me ocurre entrar a ver a un subordinado. Porque no va a echarme… A buenas o no, acoge a tu huésped. Amigo, perdóname. Si en algo he molestado, me iré… Al fin y al cabo, solo he pasado a echar un vistazo…».

Pero poco a poco ya había empezado un movimiento general. Akim Petróvich lo miró con aire dulzón: «¿Cómo se le ocurre a su excelencia que puede molestar?». Todos los invitados se movían y empezaron a manifestar las primeras muestras de desenvoltura. Casi todas las señoras ya se habían sentado. Buena señal, positiva. Las más valientes se abanicaban con los pañuelos. Una de ellas, en vestido de terciopelo desgastado, decía algo en tono intencionadamente alto. El oficial al que se dirigía quiso responderle aún más alto, pero, como solo eran dos entre todos los ruidosos, se rindió. Los hombres, en su mayoría oficinistas y dos o tres estudiantes, intercambiaban miradas como instándose a comportarse con desenvoltura, se aclaraban la voz e incluso empezaron a dar dos pasos en varias direcciones. Por lo demás, nadie se mostraba especialmente apocado, más bien estaban hoscos y casi todos miraban con animosidad interior al individuo que había irrumpido y perturbado así su alegría. El oficial, avergonzándose de su poco corazón, empezó a aproximarse paso a paso a la mesa.

—Oye, amigo mío, deja que te pregunte cuál es tu nombre y tu patronímico —le dijo Iván Ilich a Pseldonímov.

—Porfiri Petrov, excelencia —respondió este con los ojos desencajados, como si estuviera en una revista de inspección.

—Preséntame a tu joven esposa, Porfiri Petróvich… Indícame… Yo…

Y manifestó su deseo de levantarse, pero Pseldonímov se fue a todo correr a la sala de recibir. Por cierto que la joven estaba allí mismo, en la puerta, pero en cuanto sintió que se hablaba de ella, al punto se escondió. Un minuto después Pseldonímov la hacía salir llevándola de la mano. Todos se apartaban para dejarlos pasar. Iván Ilich se levantó solemne y se dirigió a ella con la más gentil de sus sonrisas.

—Estoy muy muy contento de conocerte —dijo con una leve inclinación al estilo aristocrático—, y más en un día como hoy…

Esbozó una sonrisa astuta. Las señoras se agitaron en señal de agrado.

—*Charmée* —dijo en voz casi alta una dama vestida de terciopelo.

La joven hacía juego con Pseldonímov. Era una damita delgadita, de apenas unos diecisiete años, pálida, con la cara muy pequeña y naricilla afilada. Sus pequeños ojos, vivos y rápidos, no estaban en absoluto confundidos, por el contrario, miraban fijamente e incluso con un matiz de cierta rabia. Era evidente que Pseldonímov no se casaba con ella por su belleza. Llevaba un vestido blanco de organdí con un forrito rosa. Tenía el cuello finito y el cuerpo de pollito, se le notaban los huesos. Al saludo del general fue incapaz de decir nada.

—Es muy bonita —continuó este a media voz, como si se dirigiera solo a Pseldonímov, pero con intención de que la joven también lo oyera. Pseldonímov tampoco aquí respondió nada, esta vez ni siquiera hizo una inclinación. A Iván Ilich llegó a parecerle que en sus ojos había algo frío, oculto, con intenciones aviesas, algo especial y maligno. Aun así, costara lo que costara, debía conseguir su sensibilidad. Para eso precisamente había entrado.

«¡Vaya pareja! —pensó—. En fin…».

Y se dirigió de nuevo a la joven, que se había instalado junto a él en el sofá, pero a sus dos o tres preguntas solo obtuvo más síes y noes, y ni siquiera estos fueron completos.

«Si al menos estuviera confundida… —continuaba él hablando consigo mismo—. En tal caso habría podido bromear. Pero así, me pone en una posición desesperada». Además, como a propósito, Akim Petróvich también guardaba silencio y, aunque fuera por torpeza, era imperdonable. «¡Dios mío!, ¿en verdad no estoy impidiendo vuestro disfrute?», empezó a hablar a todos en general. Sentía que las palmas le sudaban.

—No, no… No se preocupe, excelencia, ahora nos pondremos…, ahora… nos estamos refrescando —respondió el oficial. La joven lo miró con agrado: el oficial no era viejo todavía y llevaba la chaquetilla militar de no sabía bien qué destacamento. Pseldonímov seguía de pie allí mismo, con el cuerpo echado hacia delante; parecía que su nariz aguileña se asomaba más todavía. Escuchaba y miraba cual lacayo con un abrigo de piel en las manos y que espera a que termine la conversación de despedida de sus señores. Esta comparación se la hizo Iván Ilich; estaba perdido, sentía que estaba incómodo, terriblemente incómodo, que la tierra se movía bajo sus pies, que había pasado solo un momento por un lugar, pero ahora no podía salir, como si estuviera a oscuras.

* * *

De pronto todos se apartaron y apareció una mujer bajita y robusta, de edad ya avanzada, vestida con sencillez, aunque se había engalanado, con un pañuelo grande sobre los hombros y prendido con alfileres en el cuello, y con cofia, a la que claramente no estaba acostumbrada. Llevaba en las manos una bandeja grande en la que había, sin empezar pero sí descorchada, una botella de champaña y dos copas, ni una más y ni una menos. Era evidente que la botella estaba destinada únicamente a dos invitados.

La mujer mayor se acercó directamente al general.

—No se ofenda, excelencia —dijo, inclinándose para saludarlo—, y, si en verdad no le causamos repulsión, pues nos ha hecho el honor de visitar a nuestro hijo el día de su boda, tenga la bondad de felicitar con vino a los recién casados. No nos repulse, háganos ese honor.

Iván Ilich se agarró a ella como a una tabla de salvación. La mujer no era todavía mayor, tendría unos cuarenta y cinco o cuarenta y seis años, no más. Pero tenía una cara tan bondadosa, sonrosada, una cara tan sincera y redonda, tan rusa, sonreía con tanta bondad, se inclinaba con tanta sencillez, que Iván Ilich casi encontró consuelo y empezó a tener esperanzas.

—Así que us-ted es la ma-dre de aquí su hi-jo —dijo incorporándose del sofá.

—Mi madre, excelencia —masculló Pseldonímov, estirando el cuello largo y volviendo a sacar la nariz.

—¡Oh! Estoy muy contento, sí, estoy muy contento de conocerla.

—¿Gusta, entonces, excelencia?

—Con grandísimo placer, además.

Colocaron la bandeja y Pseldonímov, que se había acercado de un salto, sirvió el vino. Iván Ilich, todavía de pie, tomó una copa.

—Estoy contento, especialmente contento, de esta ocasión en que puedo… —empezó—, en que puedo… de este modo presentar mis… En una palabra, como jefe que soy… os deseo, señorita —se dirigió a la recién casada—, y a ti, mi amigo Porfiri, os deseo una felicidad plena, próspera y duradera.

E incluso con sentimiento se bebió la copa, que hacía la número siete esa noche. La mirada de Pseldonímov era seria y hasta sombría. El general empezaba a sentir un odio doloroso por él.

«Y este paja larga —miró al oficial— sigue aquí de plantón. Al menos podría gritar "¡hurra!", habría servido de ayuda…».

—Beba usted también, Akim Petróvich, y felicite —añadió la mujer, dirigiéndose al jefe de sección—. Usted es el jefe, él es su subordinado. Vele por mi hijo, como madre se lo pido. Y luego no se olvide de nosotros, ángel mío, Akim Petróvich, es usted una buena persona.

«¡Qué maravilla son las viejecillas rusas! —pensó Iván Ilich—. Tiene palabras de ánimo para todos. Siempre he sentido amor por el pueblo…».

En ese momento acercaban otra bandeja a la mesa. La llevaba una muchacha con un vestido sonoro de percal todavía sin lavar y con miriñaque. Apenas podía abarcar la bandeja con las manos de lo grande que era. En ella había una cantidad innumerable de platitos con manzanas, bombones, *pastilá*,[9] mermelada, nueces y muchas cosas más. La bandeja había estado hasta ese momento en la sala de recibir para agasajar a todos los

---

[9] Dulce tradicional ruso que consistía en varias láminas superpuestas de puré de fruta, sobre todo de manzanas, que luego se dejaban secar lentamente.

invitados, en especial a las señoras. Pero ahora la habían traído solo para el general.

—Guste de nuestros manjares, excelencia. Las riquezas que tenemos son con las que nos contentamos —repetía la mujer inclinándose.

—Por favor, qué dice… —dijo Iván Ilich e incluso tomó con gusto una nuez y la presionó con los dedos. Había resuelto ser popular hasta el fin.

Entretanto, de repente, la joven empezó a reírse.

—¿Qué ocurre? —preguntó Iván Ilich con una sonrisa, alegrándose ante las señales de vida.

—Cosas de Iván Kostenkínych, me está haciendo reír —respondió ella, bajando la mirada.

En efecto, el general distinguió a un joven rubio, bastante guapo, escondido en una silla y que desde el otro lado del sofá hablaba en susurros con *madame* Pseldonímova. El joven se incorporó. Según parecía, era muy vergonzoso y muy joven.

—Le hablaba del libro de los sueños, excelencia —murmuró como disculpándose.

—¿De qué libro de qué sueños? —preguntó Iván Ilich con indulgencia.

—Hay uno nuevo, señor, uno literario. Le contaba que, si sueña con el señor Panáiev,[10] significa que se derramará el café en la pechera.

---

[10] Iván Ivánovich Panáiev (1812-1862), escritor y crítico literario.

«¡Qué inocencia!», pensó incluso con rabia Iván Ilich. El joven, aunque se había ruborizado muchísimo al contarlo, estaba increíblemente contento por haber hablado del señor Panáiev.

—Ah, sí, sí, he oído hablar de él… —le respondió su excelencia.

—Huy, no, esto es mucho mejor —dijo otra voz justo a la vera de Iván Ilich—. Van a editar un nuevo lexicón, cuentan que el señor Kraievski[11] va a escribir artículos, también Alferaki… y literatura *acusacioria*…

Quien hablaba era un joven, pero este no estaba confundido, sino que se le veía desenvuelto. Llevaba guantes, un chaleco blanco y tenía un sombrero en las manos. No había estado bailando, sino que había mirado altanero, porque era uno de los colaboradores del periódico satírico *El Tizón*, marcaba el ritmo y había llegado a la boda de casualidad, invitado como huésped de honor por Pseldonímov, con quien se tuteaba y con quien, todavía el año pasado, había pasado penurias en un rincón mínimo que alquilaba una alemana. Vodka sí había bebido y más de una vez; para ello se ausentaba a un cuarto trasero apartado, cuyo camino todos conocían. Al general le disgustó en extremo.

---

[11] Andréi Alexándrovich Kraievski (1810-1889), editor y periodista, conocido por ser el editor de la revista *Anales Patrios*.

—Y por eso es divertido —lo interrumpió de pronto y con alegría el joven rubio que había hablado de la pechera y al que, por hacerlo, el colaborador en chaleco miró con odio—, por eso es divertido, excelencia, es suposición del autor que el señor Kraievski no sabe de ortografía y piensa que es menester escribir la «literatura acusatoria» como *acusacioria*...

Pero el pobre joven apenas si pudo terminar. Vio en los ojos del general que este hacía mucho que lo sabía, porque el propio general parecía estar confundido y era evidente que lo estaba porque lo sabía. El joven empezó a sentirse increíblemente avergonzado. Logró escurrirse con mucha rapidez a otro sitio y el resto del tiempo se le vio muy triste. A cambio, el desenvuelto colaborador de *El Tizón* se acercó un poco más y parecía tener la intención de sentarse por allí cerca. Esta desenvoltura le pareció a Iván Ilich un poco cosquillosa.

—Ah, Porfiri, hazme el favor de contarme... —empezó para que se hablara de algo—, ¿por qué, y siempre he querido preguntarte esto personalmente, por qué te llamas Pseldonímov y no Pseudonímov? Porque imagino que tendrías que ser Pseudonímov, ¿no?

—No puedo informarle con exactitud, excelencia —respondió Pseldonímov.

—Seguramente fue a su padre, al ingresar en el servicio, se lo cambiarían en los papeles, así que se quedó como Pseldonímov —intervino Akim Petróvich—. Suele pasar, señor.

—Se-gu-ro —el general aprovechó para hablar con fervor—, se-gu-ro, porque juzgadlo vosotros mismos: Pseudonímov procede de la palabra literaria pseudónimo. Pero ¿Pseldonímov? Si no significa nada.

—Por estupidez —añadió Akim Petróvich.

—¿Qué es por estupidez exactamente?

—El pueblo ruso. Por estupidez cambia a veces las letras y pronuncia a veces a su manera. Por ejemplo, dicen «*niválido*», y debería decirse «inválido».

—Sí, claro… *niválido*, je, je, je…

—También dicen *nomero*, excelencia —soltó el oficial alto, a quien le ardía la lengua desde hacía un buen rato buscando alguna manera de distinguirse.

—¿Qué es *nomero*?

—*Nomero* en lugar de número, excelencia.

—Ah, ya… *Nomero* en lugar de número… Sí, claro… Je, je, je… —Iván Ilich se vio obligado a reírse también *para* el oficial.

Este se colocó bien la corbata.

—Mire qué otras cosas dicen: *ajunto* —fue y se entrometió el colaborador de *El Tizón*. Pero su excelencia se esforzó por no oírlo. No iba a tener risas para todos.

—*Ajunto* en lugar de «junto» —se puso pesado el colaborador con evidente enojo.

Iván Ilich le lanzó una mirada severa.

—¿Por qué insistes? —susurró Pseldonímov al colaborador.

—¿Qué dices? Solo estoy manteniendo una conversación. ¿Es que no se puede hablar? —quiso discutirle este en un susurro, sin embargo, se quedó callado y con rabia oculta salió de la estancia.

Se deslizó directo al encantador cuarto de atrás donde para los caballeros que bailaban, ya al principio de la velada, se habían dispuesto en una mesita pequeña cubierta con un mantel de Yaroslavl dos variedades de vodka, arenque, rebanadas de pan con caviar y una botella de jerez fuertecito de una bodega nacional. Con el corazón lleno de furia iba a servirse vodka cuando, de pronto, entró corriendo el estudiante de Medicina con el pelo despeinado, el primer danzante y *cancanista* en el baile de Pseldonímov. Con avidez presurosa se lanzó sobre la jarrita.

—¡Ya empiezan! —dijo, comportándose enseguida como si estuviera en su casa—. Ven a ver, haré un solo con las piernas bien arriba y, después de la cena, me aventuraré con el *pececillo*, en el que te mueves como si fueras un pez fuera del agua. Creo que es oportuno para una boda. Una alusión amistosa para Pseldonímov... Kleopatra Semiónovna es asombrosa, con ella puedes aventurarte a lo que quieras.

—Es un retrógrado —respondió hosco el colaborador, mientras se tomaba su copita.

—¿Quién es el retrógrado?

—Pues ese, la persona a la que han ofrecido *pasti- lá*. Mira lo que te digo: ¡un retrógrado!

—Ya estamos… —farfulló el estudiante y corrió fuera de la habitación, pues había oído el ritornelo de la cuadrilla.

Al quedarse solo, el colaborador se sirvió otra vez para darse mayor coraje e independencia, se la bebió, comió un poco y nunca antes el consejero de estado Iván Ilich se había granjeado un enemigo más furibundo ni un vengador más implacable que el menospreciado colaborador de *El Tizón*, sobre todo después de dos copitas de vodka. ¡Ay, e Iván Ilich no tenía sospecha alguna! Tampoco tenía sospecha alguna de otra circunstancia capital que causaría efecto en toda la mutua relación de los invitados para con su excelencia. El caso es que, aunque había dado una explicación decente e incluso detallada, desde su punto de vista, de su presencia en la boda de un subordinado, esta explicación no había satisfecho a nadie, en realidad, y los invitados seguían confundidos. Sin embargo, de pronto todo cambió como por encantamiento, todos se tranquilizaron y estaban dispuestos a divertirse, a reír a carcajadas y a chillar y a danzar, exactamente igual que si el inesperado huésped no estuviera en la estancia. Y la causa era que se había propagado de repente, y a saber de qué modo, el rumor, el murmullo, la noticia de que el invitado parecía estar un poco… beodo. Y aunque este asunto a primera vista tenía la apariencia de ser una muy terrible calumnia, aun así poco a poco todo quedaba, de alguna manera, justificado. De pronto, todo se había aclarado. Es más, se sintió una increíble y repentina libertad. Y precisamente en ese instante empezó la cuadrilla, la última justo antes de la cena y a la que con tanta prisa se fue el estudiante de Medicina.

Y nada más hacer Iván Ilich otro amago de dirigirse a la recién casada, intentando en esta ocasión fastidiarla con algún juego de palabras, junto a ella se plantó de repente el oficial alto y, con grandes aspavientos, se dobló sobre una rodilla. Al momento ella saltó del sofá y voló con él a colocarse en las filas de la cuadrilla. El oficial ni siquiera se disculpó y ella, al marcharse, ni siquiera miró al general, incluso parecía contenta de verse liberada.

«En realidad, está en su derecho, ¿no? —pensó Iván Ilich—. Además, desconocen las normas de decoro».

—Hum, oye, Porfiri, amigo mío, no guardes ceremonia —le dijo a Pseldonímov—. Puede que tengas algo… alguna disposición… o si tienes que hacer…, por favor, no se preocupe por mí.

—Ni que estuviera vigilándome —añadió ya para sí.

Para él, Pseldonímov era ya insoportable con su cuello largo y esos ojos que lo miraban fijamente. En resumen, que nada de aquello era como debía, no lo era en absoluto, pero Iván Ilich todavía estaba lejos de querer darse cuenta.

* * *

La cuadrilla había empezado.

—¿Quiere, excelencia? —preguntó Akim Petróvich, que sujetaba respetuoso la botella y estaba listo para servir en la copa de su excelencia.

—Yo... La verdad, no sé si...

Pero Akim Petróvich ya estaba sirviendo el champaña con rostro brillante de devoción. Llenó la copa parecía que a escondidas, como si fuera un ladrón, encogido, contorciéndose; también se sirvió él, con la diferencia de que a él no llegó a servirse ni un dedo, lo que, de alguna manera, era una señal de respeto. Sentado junto a su jefe inmediato, parecía una mujer de parto. ¿De qué podía hablar, en verdad?, pero era menester que atendiera a su excelencia, puesto que tenía el honor de hacerle compañía. El champaña sirvió de solución, y a su excelencia incluso le agradó que el otro le sirviera, no por el champaña en sí —estaba caliente y era una auténtica porquería—, sino porque sí, era agradable moralmente.

«El viejo tiene ganas de beber —pensó Iván Ilich—, y no se atreve a hacerlo sin mí. Mejor no demorarme... Además, es ridículo que la botella esté ahí de pie, entre los dos».

Dio un trago y, con todo, le pareció mejor que quedarse allí sentado sin más.

—Estoy aquí —empezó haciendo pausas y marcando los acentos—, estoy aquí, digámoslo así, de casualidad y, por supuesto, puede que otros encuentren… que para mí… no es de-co-ro-so, por así decirlo, estar en… en una reunión así.

Akim Petróvich callaba y prestaba oído con tímida curiosidad.

—Pero espero que usted entienda para qué estoy aquí… Porque lo cierto es que no he venido a beber vino. Je, je, je…

Akim Petróvich quería haberse reído después de su excelencia, pero por alguna razón no le salió y, una vez más, no respondió con ninguna palabra de consuelo.

—Estoy aquí… para confortar, por así decirlo, para mostrar una finalidad moral, por así decirlo —continuaba Iván Ilich, molesto con la torpeza de Akim Petróvich; de pronto se calló. Había visto que el pobre Akim Petróvich incluso bajaba la mirada, como si fuera culpable de algo. El general, con algo de desconcierto, se apresuró a dar otro trago de la copa y Akim Petróvich, como si en ello residiera toda su salvación, agarró la botella y le sirvió un poco más.

«Pocos recursos tienes», pensó Iván Ilich, mirando con severidad al pobre Akim Petróvich. Este, presintiendo la severa mirada del general, resolvió guardar un silencio definitivo y no alzar la vista. Así que allí se quedaron sentados el uno frente al otro unos dos minutos, dos minutos dolorosísimos para Akim Petróvich.

Dos palabras sobre Akim Petróvich. Era un hombre tranquilo cual gallina, aferrado a los antiguos usos, criado en el servilismo y, al mismo tiempo, un hombre bueno y hasta noble. Era de los rusos petersburgueses, es decir, su padre y el padre de su padre habían nacido, crecido y servido en Petersburgo y ni una sola vez habían salido de la ciudad. Este tipo de rusos es realmente especial. No tienen la más mínima idea sobre Rusia, algo que no les inquieta en absoluto. Todo su interés se reduce a Petersburgo y lo más importante es el lugar donde sirven. Todas sus preocupaciones se concentran alrededor del copec que apuestan al *préférence*, de las tiendecillas donde compran y de su paga mensual. No conocen ni una sola costumbre rusa, ni una sola canción rusa, salvo *Mi pequeña astilla*, y esta solo porque suena en los organillos. Por cierto que hay dos señales significativas y sólidas por las que enseguida distinguirá a un auténtico ruso de un ruso petersburgués. La primera señal estriba en que todos los rusos petersburgueses, todos sin excepción, nunca dicen *La Gaceta de Petersburgo*, sino que siempre dicen *La Gaceta de la Academia*. La segunda, una señal igual de significativa, estriba en que un ruso petersburgués nunca utiliza la palabra *desayuno*, sino que siempre dice *fristik*,[12] acentuando especialmente el sonido «fri». Por estas dos señales fundamentales y diferenciadoras los distinguirá; en resumen, es un tipo tranquilo y que se ha fabricado definitivamente en los últimos treinta y cinco años. Por lo demás, Akim Petróvich no era nada idiota. Pregúntele, general, sobre cualquier cosa que le convenga, que él responderá y le sostendrá la conversación; sin embargo, no sería conveniente que el subordinado intentara responder a esas preguntas, aunque Akim Petróvich se moría de curiosidad por saber algún detalle de las auténticas intenciones de su excelencia.

Entretanto, Iván Ilich se sumía cada vez más en sus reflexiones y en cierto giro total de ideas; distraído, daba imperceptibles pero frecuentes sorbos a la copa. Akim Petróvich se la rellenaba enseguida con igual aplicación. Ambos guardaban silencio. Iván Ilich se puso a mirar los bailes y en breve algunos llamaron su atención. De pronto, una circunstancia incluso lo sorprendió…

Los bailes eran en efecto alegres. Bailaban con sencillez de corazón, para divertirse e incluso por armar alboroto. No eran muchos los que bailaban con habilidad, pero los poco hábiles taconeaban con tanta fuerza que se los podía tomar por hábiles. Se distinguía en primer lugar al oficial: a este le gustaba especialmente el paso

---

[12] Del alemán *Frühstück*.

en que se quedaba sin pareja, en una especie de solo. Entonces se encorvaba de una forma sorprendente, tal que así: largo como era, de pronto todo él se doblaba por un costado de manera que pensabas que se iba a caer; pero al siguiente paso se doblaba hacia el lado contrario, siempre en el mismo ángulo oblicuo respecto al suelo. En la cara mantenía una expresión serísima y bailaba con el pleno convencimiento de estar asombrando a todos. Ya a la segunda figura otro caballero se había quedado dormido a la vera de su dama, habiéndose emborrachado previamente antes de la cuadrilla, así que su dama tuvo que bailar sola. Un registrador joven, que bailaba entregado con la dama de la bufanda celeste, en todas sus figuras y en todas las cuadrillas, en las cinco que se bailaron esa noche, hizo la misma gracia, a saber: quedándose un poco atrás de su dama, atrapaba un extremo de la bufanda y, al vuelo, en la transición a ponerse cara a cara, le daba tiempo a plantar en ese extremo unas dos decenas de besos. La dama, por su parte, iba delante de él y flotaba como si no se diera cuenta de nada. El estudiante de Medicina ejecutó, en efecto, su solo con las piernas en alto y causó un entusiasmo desaforado, pataleos y chillidos de satisfacción. En resumen, la sensación de soltura era extraordinaria. Iván Ilich, a quien la bebida ya le estaba haciendo efecto, había empezado a sonreír, aunque poco a poco empezó a entrarle una duda amarga: claro que le gustaba mucho la desenvoltura y la soltura, la deseaba y hasta él mismo había invitado a ello, a esa desenvoltura, mientras todos retrocedían, pero he aquí que esa desenvoltura empezaba ya a pasar de raya. Por ejemplo, una señora en vestido de terciopelo azul gastado, comprado de cuarta mano, en la sexta figura se prendió el vestido con alfileres, así que resultó como si fuera en pantalones. Era Kleopatra Semiónovna, con quien podías aventurarte a todo, en palabras de su caballero, el estudiante de Medicina. Y sobre el estudiante de Medicina poco se podía decir: era un auténtico Fokin.[13] ¿Qué había pasado? Hace un momento estaban retrocediendo y poco después se habían emancipado de repente. Podría pensarse que no pasaba nada, pero la transformación había sido, en cierta forma, extraña; él predecía algo. Como si se hubieran olvidado por completo de la existencia de Iván Ilich. Por supuesto, él era el primero en reír a carcajadas e incluso se aventuró a aplaudir. Akim Petróvich, respetuoso, reía con él, aunque en este caso el placer era evidente, puesto que no sospechaba que el corazón de su excelencia ya había empezado a engordar un nuevo gusano.

—Baila usted muy bien, joven —se vio obligado Iván Ilich a decirle al estudiante, que pasó por su lado en cuanto terminó la cuadrilla.

---

[13] Parece que era un famoso ejecutante de cancán de la sociedad petersburguesa de la época.

El estudiante se giró bruscamente para mirarlo, hizo una mueca y, aproximando la cara a su excelencia hasta una distancia rayando en la indecencia, gritó a voz en cuello cual gallo. Esto ya fue demasiado. Iván Ilich se levantó de la mesa. Aun así, le sucedió una salva de carcajadas incontrolables, porque el canto del gallo había sido asombrosamente real y todas las monerías habían sido en verdad inesperadas. Iván Ilich seguía de pie, perplejo, cuando de pronto apareció el propio Pseldonímov y, entre reverencias, le pidió que pasara a cenar. A continuación, apareció su madre.

—*Bátiushka*, padrecito, excelencia —decía ella entre reverencias—, háganos el honor, no repulse nuestra pobreza…

—Yo… en verdad no sé… —empezó Iván Ilich—, porque no he venido para… yo… debería irme ya…

En efecto, tenía en las manos el gorro. Es más, allí mismo, en ese mismo instante, se dio palabra de honor de ya mismo, fuera como fuese, irse sin falta y no quedarse por nada… Se quedó. Un minuto después abría la marcha hacia la mesa. Pseldonímov y su madre iban delante de él y le abrían el camino. Lo sentaron en el sitio de honor y de nuevo una botella de champaña sin tocar surgió ante su cubierto. Las entradas ya estaban allí: arenque y vodka. Alargó el brazo, se sirvió él mismo una copa grande de vodka y se la bebió. Nunca antes había bebido vodka. Sintió como si rodara montaña

abajo, que volaba, volaba y volaba, que debía mantenerse en pie, agarrarse a algo, pero no había ninguna posibilidad para ello.

* * *

En verdad su posición se había vuelto cada vez más extravagante. Es más, era una burla del destino. Dios sabe qué le había ocurrido en una cierta hora. Cuando entró, había extendido su abrazo, digámoslo así, a toda la humanidad y a todos sus subordinados; pero no había pasado ni una hora y, con todo el dolor de su corazón, sentía y sabía que odiaba a Pseldonímov, lo maldecía, y también a su mujer y la boda. Es más, en su rostro y en sus ojos veía que Pseldonímov también lo odiaba a él, que lo miraba a punto de decir: «¡Ya podías desaparecer, maldito! ¡Qué carga!». Hacía mucho que leía todo eso en su mirada.

Por supuesto que Iván Ilich, incluso ahora, sentado a la mesa, se habría cortado una mano antes de reconocerse sinceramente ya no en voz alta, sino a sí mismo, que en efecto era así. El momento en cuestión no había llegado todavía, pero al menos ahora seguía teniendo cierto equilibrio moral. Sin embargo su corazón, su corazón… ¡se lamentaba! Suplicaba libertad, salir al aire libre, descansar. Y es que Iván Ilich era un hombre demasiado bueno.

Porque sabía, y muy bien, que debería haberse ido hacía mucho, y no irse simplemente, sino salvarse. Que de pronto todo aquello se había convertido no en lo que debía haber sido, que nada se había desarrollado como él lo había soñado poco antes, en las pasarelas.

«¿Para qué he venido? ¿Acaso he venido aquí a comer y a beber?», se preguntaba mientras mordisqueaba un arenque. Incluso llegó a la negación: por momentos en su alma se agitaba la ironía por su propia hazaña. Había empezado a no entender ni siquiera él para qué había entrado en realidad.

Pero ¿cómo podía marcharse? Irse sin más, sin haber terminado, era imposible. ¿Qué dirán? «Dirán que deambulo por lugares no convenientes. Y será así en verdad si no termino. ¿Qué dirán mañana mismo (porque seguro que se propaga) en las oficinas de Stepán Nikíforych, por ejemplo, o de Semión Iványch? ¿O donde los Shémbel o los Shubin? No, debo irme de forma que todos comprendan para qué he venido, debo revelar la finalidad moral… —Mientras tanto, el momento patético seguía sin llegar—. Ni siquiera me respetan. ¿De qué se ríen? —se decía—. Están tan desenvueltos…, como si fueran insensibles… Así es, hace mucho que sospechaba de la insensibilidad de la joven generación. Debo quedarme, cueste lo que cueste… Han estado bailando, pero en la mesa van a estar reunidos… Me pondré a hablar de las cuestiones, de las reformas, de la grandeza de Rusia… ¡Entusiasmaré a todos! ¡Eso es! Quizá no todo esté perdido… En realidad, quizá siempre sea así. Aunque ¿con qué debería empezar para llamar su atención? ¿Qué método inventaré? Me pierdo, estoy simplemente perdido… ¿Y qué es lo que quieren?, ¿qué es lo que pretenden…? Los veo, hay unos intercambiando risas. ¿No será por mí, Dios mío? ¿Para qué necesito yo todo esto…? ¿Qué hago aquí? ¿Por qué no me voy? ¿Qué voy a conseguir?». Así pensaba, mientras cierta vergüenza, una vergüenza profunda e insoportable, lo desgarraba por dentro.

* * *

Entonces fue cuando todo sucedió, una cosa detrás de otra.

Exactamente dos minutos después de que se sentara a la mesa, una idea terrible se adueñó de todo su ser. Sintió de repente que estaba muy bebido, es decir, no como antes, sino completamente bebido. La causa era la copita de vodka que se había tomado después del champaña y que le había hecho efecto de inmediato. Sentía —lo percibía con todo su ser— que se había debilitado definitivamente. Cierto que su coraje había aumentado mucho, pero la conciencia no le dejaba tranquilo, le gritaba: «¡No está bien, no está nada bien, es casi indecente!». Por supuesto los inestables pensamientos de borracho no podían detenerse en un único punto: de pronto aparecieron, perceptibles hasta para él mismo, dos lados. En uno estaba el coraje, el deseo de victoria, el derribo de los obstáculos y la temeraria seguridad de que aún lograría su finalidad. El otro lado se daba a conocer con penosos aullidos en el alma y con mordiscos en el corazón. «¿Qué dirán? ¿Cómo acabará esto? ¿Qué sucederá mañana? ¡Mañana, sí, mañana!...».

Con anterioridad, de forma sorda, había presentido que tenía enemigos entre los invitados. «Es porque antes ya estaba certeramente bebido», pensó entre dolorosas dudas. Cuál no sería su espanto cuando, por señales indudabilísimas, se convenció de que, en efecto, en la mesa estaban sus enemigos y de que ya no podía albergar ninguna duda al respecto.

«Pero ¿por qué?, ¿por qué?», pensaba.

En la mesa se habían instalado todos los invitados, los treinta, y algunos ya estaban realmente bebidos. Otros se comportaban con cierta independencia despreocupada, maligna, gritaban y hablaban a voz en cuello, lanzaban brindis antes de tiempo, se lanzaban con las señoras bolitas de pan. Uno, un individuo poco agraciado con la levita mugrienta, se cayó de la silla nada más sentarse a la mesa y así se quedó hasta el final de la cena. Otro quiso encaramarse sí o sí a la mesa para ofrecer un brindis y solo el oficial, habiéndolo sujetado por el faldón, calmó su prematuro entusiasmo. La cena era realmente plebeya, aunque habían empleado en ella a un cocinero, un siervo de algún general: había galantina, había lengua con patatas, había rollitos de carne con guisantes, había ganso al fin y, para terminar del todo, *blanc-manger*. Para beber había: cerveza, vodka y jerez. La botella de champaña estaba solo delante del general, lo que le obligaba a servir también a Akim Petróvich, quien ya durante la cena no se atrevió a disponer de iniciativa propia. Para los brindis, a los demás invitados se les había destinado amargor o lo que tuvieran a mano. La mesa en sí estaba formada por muchas mesas juntadas, entre ellas había acabado incluso una mesa de juego. Estaba cubierta con muchos manteles, entre ellos uno multicolor de Yaroslavl. Los invitados estaban sentados alternativamente con las damas. La progenitora de Pseldonímov no quiso sentarse a la mesa; se afanaba y daba instrucciones. Por el contrario, apareció una figura maligna de mujer que hasta entonces no se había dejado ver, llevaba un vestido rojizo de seda, la boca sujeta con una venda y una cofia altísima. Resultó ser la madre de la novia, que al fin había aceptado salir del cuarto de atrás para la cena. Hasta ese momento no había salido a causa de su irreconciliable enemistad con la madre de Pseldonímov, pero esto lo mencionaremos más adelante. Esta señora miraba al general con maldad, incluso con burla, y era evidente que no quería que se lo presentaran. A Iván Ilich esta figura le pareció sospechosa en extremo. Pero, además de ella, había también otras personas sospechosas e infundían un involuntario recelo e intranquilidad. Resultaba además que estas tramaban algo y precisamente contra Iván Ilich. Al menos así le parecía a él y durante toda la cena se convenció aún más de ello. A saber: malvado era un señor de barba, cierto pintor libre; varias veces miró a Iván Ilich y después, girándose hacia el vecino, le susurraba algo. Otro, uno de los alumnos, estaba completamente borracho y, aun así, era sospechoso por varios motivos. Pocas esperanzas ofrecía asimismo el estudiante de Medicina. Incluso el mismísimo oficial no era del todo leal. Pero quien brillaba con un odio especial y visible era el colaborador de *El Tizón*: ¡qué forma de repantingarse en la silla!, ¡con qué orgullo e insolencia miraba!, ¡con qué aire resoplaba! Y aunque los demás invitados no prestaban especial atención al colaborador que había escrito en *El Tizón* apenas cuatro versitos y que se había convertido así en liberal, y que, por lo visto, ni siquiera les gustaba, cuando junto a Iván Ilich cayó de repente una bolita de pan, que, evidentemente, iba destinada a él, estuvo dispuesto a apostar la cabeza a que el culpable de esa bolita no era otro que el colaborador de *El Tizón*.

Todo esto, claro está, tenía un efecto lastimero sobre él.

Especialmente enojosa fue otra observación: Iván Ilich estaba completamente convencido de que había empezado a pronunciar las palabras con poca claridad y con dificultad, de que quería decir muchas cosas, pero su lengua no se movía. Después, cuando de pronto parecía haberse olvidado hasta de lo más importante, resoplaba de repente sin más acá ni más allá y se echaba a reír cuando no había nada de que reírse. Esta disposición se pasó rápido después de un vaso de champaña que Iván Ilich, aun habiéndoselo servido, no quería tomarse, pero sí se bebió, aunque no quiso hacerlo. Después de este vaso, le entraron unas repentinas ganas de llorar. Sentía que se hundía en una sensibilidad excéntrica; de nuevo volvía a amar, a amar a todos, incluso a Pseldonímov, incluso al colaborador de *El Tizón*. De pronto le entraron ganas de abrazar a todos, de olvidar todo y de reconciliarse. Es más: de contarles todo sin reservas, todo, es decir, contarles que era un hombre bondadoso y bueno, con excelentes capacidades. Lo útil que iba a ser a la patria, que sabía hacer reír al sexo femenino y, lo más importante, lo progresista que era, con qué humanidad estaba dispuesto a condescender ante todos, ante los más inferiores y, por último, como conclusión, contarles sin reservas todos los motivos que lo habían incitado a él, a quien nadie había llamado, a aparecer en casa de Pseldonímov, a beberse en su casa dos botellas de champaña y a hacerlo feliz con su presencia.

«La verdad, la sagrada verdad ante todo, ¡y sinceridad! Los acosaré con mi sinceridad. Y ellos me creerán, ahora lo veo claro; ahora me miran con hostilidad, pero, en cuanto les revele todo, mi conquista será irrebatible. Se servirán copitas y, entre gritos, beberán a mi salud. El oficial, estoy seguro, romperá su copa con la espuela. Incluso podría lanzarse un hurra. Es más, si se les ocurriera lanzarme al aire cual húsares, no me opondría, estaría muy bien. A la recién casada le daré un beso en la frente, es linda. Akim Petróvich también es muy buena gente. Pseldonímov se enmendará más adelante, por supuesto. Carece de, cómo decirlo... de lustre social... Y aunque toda esta nueva generación no tenga, como es lógico, delicadeza de corazón, aun así..., aun así yo les hablaré del actual destino de Rusia entre los demás imperios europeos. También les mencionaré la cuestión campesina y... y todos me querrán y saldré cubierto de gloria...».

Estos sueños eran muy bonitos, claro está, pero entre todas estas esperanzas luminosas había algo que no lo era: Iván Ilich descubrió de repente en su interior otra capacidad inesperada, a saber, escupir. Al menos la saliva había empezado a surgir de repente de su boca contra su voluntad. Se lo hizo notar Akim Petróvich, a quien salpicó en el cuello y que se quedó así, sin atreverse a secarse de inmediato, en señal de respeto. Iván Ilich tomó una servilleta y, sin pensarlo, lo secó él mismo.

Pero en ese mismo instante le pareció algo ridículo, tan carente de sentido común que se quedó callado, lleno de asombro. Akim Petróvich, aunque había bebido también, seguía sentado como escaldado, desconcertado. Entonces Iván Ilich cayó en la cuenta de que llevaba al menos un cuarto de hora hablándole de un tema interesantísimo, pero que Akim Petróvich lo escuchaba no solo con cierta confusión, sino incluso con cierto temor. Pseldonímov, sentado una silla más allá, también estiraba el cuello hacia él y, con la cabeza ladeada, prestaba oídos con un aire muy desagradable. En verdad, parecía estar vigilándolo. Extendió la vista por todos los invitados y vio que muchos lo miraban fijamente y que reían a carcajadas. Pero lo más extraño de todo fue que él no se mostró confundido ante esto, por el contrario, dio otro sorbo a la copa y, de pronto, empezó a hablar para conocimiento general.

—¡Se lo he dicho! —empezó en el tono más alto que pudo—. Le he dicho ahora, señores, a Akim Petróvich, que Rusia… sí, que precisamente Rusia…, en resumen, ustedes comprenden lo que yo quiero de-cir… Rusia está experimentando, según mis más profundas convicciones, el hu-humanitarismo…

—¡Hu-humanitarismo! —resonó en el otro extremo de la mesa.

—¡Oh, oh!

—¡Déjelo!

Iván Ilich se paró. Pseldonímov se levantó de la silla y empezó a observar con atención: ¿quién había gritado? Akim Petróvich meneaba la cabeza a escondidas, como si invocara a la conciencia de los invitados. Iván Ilich se daba buena cuenta de ello, pero guardar silencio lo martirizaba.

—¡Humanitarismo! —continuó obstinado—. Y hace muy poco… sí, hace muy poco que le hablaba de ello a Stepán Nikí-kí-forovich… así es… que… que la renovación, por así decirlo, de las cosas…

—¡Excelencia! —resonó con fuerza en el otro extremo de la mesa.

—¿Qué se le ofrece? —respondió un interrumpido Iván Ilich, esforzándose en distinguir a quien le había gritado.

—Nada de nada, su excelencia, estaba distraído, ¡siga! ¡Si-ga! —se oyó de nuevo la voz.

Iván Ilich se estremeció.

—La renovación, por así decirlo de las cosas en sí mismas…

—¡Excelencia! —gritó de nuevo la voz.

—¿Qué desea?

—¡Buenas tardes!

Esta vez Iván Ilich no aguantó. Interrumpió su discurso y se giró hacia el perturbador del orden y su ofensor. Era uno de los alumnos, uno muy joven, que había empinado mucho y que despertaba enormes sospechas.

Llevaba un buen rato vociferando y hasta había roto un vaso y dos platos, asegurando que en una boda era lo que debía hacerse. En el momento en que Iván Ilich se giró hacia él, el oficial empezó a reñir con severidad al gritón:

—¿Qué te pasa? ¿Por qué das voces? ¡A ver si vamos a tener que sacarte de aquí!

—No es sobre usted, excelencia, ¡no es sobre usted! ¡Siga! —gritaba el alumno de buen humor, repantingado en la silla—. ¡Siga! Lo escucho y estoy muy, pero que muy... muy contento con usted. ¡E-logiable, e-logiable!

—¡El chiquillo está borracho! —le susurró en un aparte Pseldonímov.

—Ya veo que está borracho, pero...

—Lo dice por una historia muy divertida que acabo de contarle, excelencia —empezó el oficial—, sobre un teniente de nuestro destacamento que hablaba exactamente igual con su superior, así que ahora él lo imita. A cada palabra de su jefe él solo respondía: ¡e-logiable, e-logiable! Hará ya diez años que lo excluyeron del servicio por eso.

—Pero ¿qué es eso de un teniente?

—De nuestro destacamento, excelencia, se volvió loco con las alabanzas. Al principio intentaron hacerle cambiar de opinión con medidas dulces, después lo arrestaron... El jefe lo intentaba con métodos paternales, pero él: ¡e-logiable!, ¡e-logiable! Lo extraño es que era un oficial valeroso, de unos nueve *vershkí*[14] de altura. Quisieron llevarlo a los tribunales, pero se dieron cuenta de que estaba loco.

—Bueno... es un colegial. Ante una chiquillería se puede no ser muy severo... Por mi parte, estoy dispuesto a perdonar...

—La medicina ofreció su testimonio, excelencia.

—¿Cómo? ¿Lo ana-to-mi-zaron?

—No, no, ¡qué dice usted! Si estaba completamente vivo, señor.

Una salva escandalosa y casi general de carcajadas se abrió paso entre los invitados que hasta entonces se habían portado correctamente. Iván Ilich montó en cólera.

—¡Señores, señores! —empezó a gritar, casi sin tartamudear en un primer momento—. Estoy en muy buenas condiciones de distinguir que a un vivo no se le anatomiza. Suponía que en su locura ya no estaba vivo..., es decir, que había muerto..., esto es... lo que quiero decir... es que no me amáis... Mientras que yo os amo a todos vosotros..., sí, también amo a Por... Porfiri... Me humillo al hablar así...

En ese momento una enormísima *salive* salió volando de la boca de Iván Ilich y roció el mantel en un

---

[14] El *vershok* (*vershkí* en plural) es una antigua medida rusa de longitud equivalente a 4,4 centímetros.

lugar muy visible. Pseldonímov corrió a frotarlo con una servilleta. Esta última desgracia terminó por hundirlo.

—¡Señores, esto es demasiado! —vociferó desesperado.

—El hombre está borracho —volvió a decirle Pseldonímov en un aparte.

—¡Porfiri! Veo que ustedes..., todos... ¡sí! Les digo que tengo esperanzas..., sí, invito a todos a que me digan con qué me he humillado.

Iván Ilich estaba a punto de romper a llorar.

—Excelencia, ¡haga el favor!

—Porfiri, a ti recurro... Dime: si yo he venido..., sí... a una boda, yo tenía una finalidad. Yo quería elevar moralmente... Yo quería que sintierais... Recurro a todos: ¿me he humillado mucho ante sus ojos o no?

Silencio sepulcral. Esta era la cuestión, el silencio sepulcral ante una pregunta tan categórica. «Pero ¿por qué ni siquiera ahora, por qué tampoco ahora gritan algo?», le pasó a su excelencia por la cabeza. Los invitados se limitaban a intercambiar miradas. Akim Petróvich seguía sentado más muerto que vivo, mientras que Pseldonímov, enmudecido por el miedo, repetía para sí la terrible pregunta que se le había presentado tiempo atrás:

—¿Qué será de mí mañana?

De pronto, el colaborador de *El Tizón*, ya muy bebido y que hasta entonces había guardado un silencio sombrío, se dirigió directamente a Iván Ilich y con ojos chispeantes se puso a responder en nombre de todos los presentes:

—¡Sí, señor! —gritó con voz sepulcral—. ¡Sí, señor! ¡Se ha humillado! ¡Es usted un retrógrado! ¡Un retró-gra-do!

—¡Joven, compórtese! ¿Con quién se cree que está hablando? —gritó furioso Iván Ilich, poniéndose en pie de un salto.

—Con usted y, en segundo lugar, no soy un joven… Ha venido usted a darse aires y en busca de popularidad.

—¡Pseldonímov! ¿Qué significa esto? —exclamó Iván Ilich.

Pero Pseldonímov había saltado de la silla con tal espanto que se quedó inmóvil como un poste y, en verdad, no sabía cómo actuar. Los invitados habían enmudecido en sus sitios. El pintor y el alumno aplaudían y gritaban «¡bravo, bravo!».

El colaborador seguía gritando con incontenible ira:

—¡Ha venido a presumir de humanitarismo! Sí, a impedir la alegría general. Ha tomado champaña sin comprender que es demasiado caro para un funcionario con diez rublos al mes de paga y tengo la sospecha de que es usted uno de esos jefes que se siente atraído por las esposas jóvenes de sus subordinados. Es más, estoy seguro de que usted apoya los impuestos al alcohol… ¡Así es, así es!

—¡Pseldonímov! ¡Pseldonímov! —gritaba Iván Ilich tendiéndole los brazos. Sentía que cada una de las palabras del colaborador era un puñal nuevo en su corazón.

—Ahora, excelencia, tenga a bien no intranquilizarse —exclamó enérgico Pseldonímov; se acercó de un salto al colaborador, lo agarró del pescuezo y lo arrastró fuera de la mesa. Nadie hubiera esperado del desmirriado Pseldonímov tal fuerza física. Pero el colaborador había bebido mucho, y Pseldonímov estaba completamente sobrio. Después le propinó varios golpes en la espalda para empujarlo hasta la puerta.

—¡Sois todos unos canallas! —gritaba el colaborador—. ¡Mañana mismo haré vuestras caricaturas para *El Tizón*!

Todos saltaron de su sitio.

—¡Excelencia, excelencia! —gritaban Pseldonímov, su madre y algunos de los invitados, arremolinados en torno al general—. ¡Excelencia, tranquilícese!

—¡No y no! —gritaba el general—. Estoy destruido… Vine a… Yo quería, por así decirlo, bendecirlos. ¡Y, a cambio, a cambio…!

Se desmoronó en la silla como si hubiera perdido el sentido, colocó ambos brazos en la mesa y apoyó en ellos la cabeza, directamente en el plato de *blanc-manger*.

No hay palabras para describir el espanto general. Se levantó un minuto después, con el deseo evidente de marcharse, se tambaleó y tropezó en una pata de la silla, se cayó al suelo cuan largo era y… empezó a roncar…

Esto suele ocurrirles a quienes no beben si se emborrachan por descuido. Hasta el último límite, hasta el último instante, conservan la consciencia, pero después, de pronto, caen derribados. Iván Ilich yacía en el suelo, privado de toda consciencia. Pseldonímov se agarró el pelo y se quedó petrificado en esta posición. Los invitados empezaron a marcharse a toda prisa, relatando lo ocurrido cada uno a su manera. Eran ya cerca de las tres de la madrugada.

* * *

La importancia de este asunto residía en que las circunstancias de Pseldonímov eran bastante peores de lo que uno podía imaginarse, a pesar de la completa ausencia de atractivo de la presente situación. Y mientras Iván Ilich se queda tendido en el suelo y Pseldonímov está a su vera, mesándose los cabellos con desesperación, interrumpiremos el curso elegido por nosotros para el relato y diremos unas cuantas palabras esclarecedoras precisamente sobre Porfiri Petróvich Pseldonímov.

Apenas un mes antes de su matrimonio, perecía irremediablemente. Procedía de un gobierno donde su

padre sirviera en tiempos y donde había muerto bajo proceso. Cuando Pseldonímov, unos cinco meses antes de su casamiento, y después de un año entero de penurias en San Petersburgo, consiguió su puesto de diez rublos, resucitó en cuerpo y en alma, pero muy pronto volvieron a empequeñecerlo las circunstancias. En todo el mundo solo quedaban dos Pseldonímov, él y su madre, que había dejado el gobierno después de la muerte de su marido. Madre e hijo sufrían a solas en el frío y se alimentaban de materias dudosas. Había días en que Pseldonímov salía con una taza a la orilla de Fontanka para apagar aquí la sed. Cuando consiguió el puesto, se instaló como pudo con su madre en un rincón alquilado. Ella se puso a lavar la ropa blanca de otra gente y durante unos cuatro meses él fue acumulando dinero para hacerse con unas botas y un capote. Y cuántas desgracias soportó en la oficina, se le acercaban los superiores y preguntaban si hacía mucho que no había estado en los baños. Sobre él corría el rumor de que debajo del cuello de la chaqueta del uniforme habían anidado los chinches. Pero Pseldonímov era de carácter firme. Era de apariencia mansa y pacífica, tenía la instrucción mínima y casi nunca se le oía conversación alguna. No sé a ciencia cierta si pensaba, si creaba planes o sistemas, si soñaba con algo. Pero, a cambio, en él se cultivó una resolución instintiva, inquebrantable e inconsciente por abrirse camino desde su desagradable posición. Tenía la insistencia de una hormiga: destruya el nido de unas hormigas, que enseguida se pondrán a construirlo de nuevo; destrúyalo otra vez, que se pondrán otra vez y así sucesivamente, sin cansarse. Era una criatura organizada y casera. En su frente se veía que encontraría ese camino, que se construiría un nido y, quizá, hasta acumularía provisiones. Su madre era la única que lo quería en este mundo, y lo hacía perdidamente. Era una mujer dura, incansable, trabajadora y, al mismo tiempo, buena. Y habrían vivido en su modesto rincón puede que otros cinco o seis años, hasta que cambiaran las circunstancias, si no hubieran tropezado con el consejero titular retirado Mlekopitáiev, antiguo tesorero que había servido en tiempos en provincias y que en los últimos tiempos se había establecido y colocado en Petersburgo con la familia. Conocía a Pseldonímov y era algo de su padre, y en tiempos le debió algún favor. Tenía algo de dinero, no mucho, claro está, pero algo sí tenía; cuánto era exactamente, nadie lo sabía, ni su mujer ni su hija mayor o sus familiares. Tenía dos hijas y, como era un caprichoso terrible, un borracho, un tirano con los suyos y, por encima de todo, un hombre enfermo, se le ocurrió de repente entregar a una de sus hijas a Pseldonímov: «Lo conozco, ya veréis, el padre era un buen hombre y el hijo será un buen hombre». Si Mlekopitáiev quería algo, lo hacía; dicho y hecho. Era un déspota muy extraño. Pasaba la mayor parte del tiempo sentado en un sofá, privado del uso de las piernas por cierta enfermedad que, sin embargo, no le impedía tomar vodka. Se pasaba los días enteros bebiendo y maldiciendo. Era un hombre malo al que resultaba imprescindible hacer sufrir constantemente a alguien. Para esto mantenía cerca a varias parientes lejanas: a su hermana, enferma y gruñona, a dos hermanas de su mujer, también malas y de lengua larga, y a una vieja tía, a la que se le había roto una costilla por culpa de un accidente. Mantenía además a una conmensal, una alemana rusificada, por su talento para contarle los cuentos de *Mil y una noches*. Todo su placer lo encontraba punzando a todas estas desdichadas parásitas, maldiciendo a cada instante a ellas y a todo lo que existiera en el mundo, aunque estas, a excepción de su mujer, que había nacido con dolor de muelas, no se atrevían ni a chistar en su presencia. Hacía que discutieran entre sí, se inventaba y llevaba y traía chismes y discordias y después se carcajeaba y disfrutaba al ver cómo les faltaba poco para pelearse. Se puso muy contento cuando su hija mayor, después de diez años de necesidades junto a un oficial, su marido, enviudó y se mudó a su casa con tres niños pequeños y enfermos. A los niños no los soportaba, pero como con su aparición aumentó el material con el que emprender sus experimentos diarios, el viejo estaba muy contento. Todo este montón de mujeres malas y de niños enfermos, junto con su torturador, vivía en

la apretura de una casa de madera en el Lado de Petersburgo, sin comida suficiente, porque el viejo era avaro y
sacaba el dinero de copec en copec, aunque en su vodka
no escatimaba; tampoco dormían lo suficiente, porque
el viejo sufría de insomnio y exigía distracciones. En
resumen, todo esto empobrecía y maldecía su destino.
Por entonces Mlekopitáiev observaba a Pseldonímov.
La larga nariz y el aire sumiso de este lo tenían pasma-
do. Su hija menor, desmirriada y poco agraciada, había
cumplido diecisiete años. Aunque había ido alguna vez
a una *shule*[15] alemana, no sacó casi nada de ella, salvo
el abecé. Después creció, enclenque y delgaducha, bajo
la muleta de un progenitor cojo y borracho, en una baraúnda de chismes, espionajes y discordias familiares.
Las amigas nunca la frecuentaban, tampoco el ingenio.
Llevaba mucho tiempo con ganas de casarse. En presencia de la gente se quedaba sin palabras, pero en casa,
junto a su madre y las conmensales, era mala y picaba
cual barrena. Le gustaba especialmente dar pellizcos y
manotazos a los niños de su hermana, e iba con el so-
plo del azúcar y el pan que escondían, por lo que entre
ella y su hermana mayor existía una riña interminable e
inextinguible. Fue el viejo quien se la ofreció a Pseldonímov. Con todas las penurias que este sufría, aun así
pidió tiempo para pensarlo. Junto con su madre, le dio

---

[15] Del alemán *Schule*, «escuela».

muchas vueltas. Pero registraron la casa a nombre de la hija, una casa de madera, sí, una casa de una sola planta y de mala calidad, pero, aun así, que se mantenía en pie. Además, le dieron cuatrocientos rublos —¡prueba a ahorrarlos tú!—. «¿Para qué me traigo un hombre a casa? —gritaba el caprichoso borracho—. En primer lugar, porque sois todas mujeres, y estoy harto de tanta mujercita. Quiero que Pseldonímov baile a mi son, para eso soy su bienhechor. En segundo lugar, lo traigo porque vosotras no queréis y os pondréis furiosas. En fin, que lo hago por vuestro mal. Lo he dicho, ¡y lo haré! Y tú, Porfirka, pégale cuando sea tu mujer; desde que nació, tiene siete demonios dentro. Hazlos salir, yo te prepararé el bastón…».

Pseldonímov guardaba silencio, pero ya había tomado una decisión. Lo acogieron a él y a su madre en la casa antes de la boda: los bañaron, los vistieron, los calzaron y les dieron dinero para la boda. El viejo los protegía, quizá precisamente porque toda la familia estaba furiosa con ellos. La vieja Pseldonímova hasta le agradaba, así que se contenía y no la punzaba. Por cierto que a Pseldonímov le hizo, una semana antes de la boda, bailar un *kazachok*. «Vale, ya es suficiente, solo quería ver si te habías olvidado de que estoy aquí», dijo antes de que se acabara el baile. El dinero para la boda lo dio gota a gota e invitó a todos sus parientes y conocidos. Por parte de Pseldonímov estaba solo el colaborador de *El Tizón* y Akim Petróvich, como invitado de honor. Pseldonímov sabía muy bien que la novia lo aborrecía y que lo que ella deseaba era casarse con el oficial, no con él. Pero soportaba todo, pues tal era el acuerdo con su madre. Toda la mañana y toda la tarde de la boda el viejo las pasó lanzando palabras desagradables y bebiendo. Con ocasión de la boda toda la familia se refugió en los cuartos de atrás y en esta estrechez se quedó hasta que empezó a oler mal. Las habitaciones delanteras estaban destinadas al baile y a la cena. Por fin, cuando el viejo se quedó dormido, completamente borracho ya, hacia las once de la noche, la madre de la novia, ese día especialmente furiosa con la madre de Pseldonímov, decidió sustituir la ira por la cortesía y salir al baile y a la cena. La aparición de Iván Ilich trastornó todo. Mlekopitáieva estaba desconcertada, se ofendió y empezó a maldecir porque no se le hubiera advertido de que se había invitado al mismísimo general. Le aseguraban que había venido sin que nadie lo hubiera llamado, era tan tonta que no quería creérselo. Se necesitaba champaña. La madre de Pseldonímov solo encontró un rublo de plata, el propio Pseldonímov no tenía ni un copec. Fue menester suplicarle a la malvada vieja Mlekopitáieva, pedirle dinero para una botella, luego para otra. Le presentaron el futuro de las relaciones en el servicio, la carrera; apelaron a su conciencia. Al final dio su propio dinero, pero le hizo a Pseldonímov beber tal cáliz de hiel y sudor que este, en más de una ocasión, entraba corriendo en el cuarto donde estaba preparado el lecho nupcial, se agarraba en silencio el pelo y se arrojaba de cabeza sobre la cama destinada a los placeres del paraíso, temblando entero de impotente cólera. Así era, Iván Ilich no conocía el precio de las dos botellas de *jacquesson* que se había bebido esa noche. Cuál no sería el espanto de Pseldonímov, su angustia e incluso desesperación, cuando el asunto con Iván Ilich terminó de forma tan inesperada. De nuevo aparecieron los desvelos y, quizá para toda la noche, los chillidos y las lágrimas de la caprichosa recién casada, los reproches de la torpe parentela de la novia. Ya sin todo esto le dolía la cabeza, ya sin todo esto el tufo y la oscuridad le velaban la vista. Pero, mientras, Iván Ilich necesitaba ayuda, había que buscar a las tres de la madrugada a un médico o un coche para llevarlo a casa, y tenía que ser un coche, porque en una carreta de las temporales no podía enviarse a casa a una persona así y, además, en tal estado. ¿Y de dónde iba a sacar el dinero para el coche? Mlekopitáieva, rabiosa porque el general no le había dedicado ni dos palabras y ni siquiera la había mirado durante la cena, declaró que no tenía ni un copec. Y puede que, en verdad, no tuviera ni un copec. ¿De dónde sacarlo? ¿Qué podía hacer? Sí, tenía razones para mesarse los cabellos.

Entretanto, a Iván Ilich lo habían trasladado tempo-
ralmente a un pequeño sofá de cuero que estaba allí
mismo, en el comedor. Mientras recogían la mesa y la
desmontaban, Pseldonímov recorrió todos los rincones
para pedir prestado dinero, incluso probó a pedírselo a
los criados, pero resultó que nadie tenía nada. Incluso
se aventuró a molestar a Akim Petróvich, quien se había quedado más tiempo que otros. Pero a este, aunque
era un buen hombre, al oír hablar de dinero, le entró tal
perplejidad e incluso tal susto que pronunciaba las ton-
terías más inesperadas:

—En otro momento yo... con mucho gusto...
—farfullaba—, pero ahora... de verdad, usted me
perdonará...

Y tomó el gorro y salió cuanto antes de la casa.
Solo el jovencito de buen corazón que había contado
lo del libro de los sueños seguía allí para ser útil, aunque no era lo oportuno. También se había quedado
más tiempo que los demás, interesándose de corazón
por las penas de Pseldonímov. Este, finalmente, junto
con su madre y el joven, decidió seguir el consejo general de no enviar en busca de un médico, sino mejor
salir en busca de un coche para llevar al enfermo a casa
y, mientras, hasta que estuviera el coche, probar en él
varios remedios caseros, a saber: humedecer las sienes
y la cabeza con agua fría, ponerle hielo en la coronilla

y otros similares. A esto ya se había puesto la madre de Pseldonímov. El joven salió volando en busca de un coche. Como en el Lado a esas horas ya no quedaban ni carretas temporales, se dirigió a los coches de punto de una lejana posada y despertó a los cocheros. Empezó el regateo, decían que a esas horas aceptar cinco rublos por el coche era poco. Sin embargo, acordaron tres. Pero cuando, ya al filo de las cuatro, el joven llegó donde los Pseldonímov en el coche alquilado, estos ya habían cambiado de opinión hacía mucho. Resultaba que Iván Ilich, que seguía sin sentido, había enfermado hasta tal punto, gemía y se agitaba tanto, que moverlo y trasladarlo a casa se había vuelto completamente imposible y hasta arriesgado. «¿En qué acabará todo esto?», se decía un Pseldonímov descorazonado. ¿Qué debía hacer? Surgía una nueva pregunta: si dejaban al enfermo en la casa, ¿dónde lo trasladarían?, ¿dónde tumbarlo? En toda la casa solo había dos camas: una enorme, doble, en la que dormía el viejo Mlekopitáiev con su esposa, y otra recién comprada, engalanada, también doble y destinada a los recién casados. Todos los demás moradores, mejor dicho, las moradoras de la casa dormían en el suelo, amontonadas, en plumones en parte ya estropeados e impregnados de olor, es decir, nada adecuados, aparte de que tenían los justos, es decir, que ni siquiera tenían uno para él. ¿Dónde acostarían al enfermo? Quizá podría hacerse con un plumón —podía quitárselo a alguien de debajo, llegado el momento—, pero ¿dónde y sobre qué extenderlo? Parecía que debía extenderse en la sala, puesto que esta estancia estaba lo más alejada de las entrañas de la familia y tenía su propia salida. Pero ¿sobre qué?, ¿sobre las sillas, de veras? Es sabido que en las sillas solo se preparan las camas para los internos, cuando vuelven a casa los sábados y los domingos, pero para una persona como Iván Ilich sería muy poco respetuoso. ¿Qué diría al día siguiente al verse en las sillas? Pseldonímov no quería ni oír hablar de ello. Solo quedaba una posibilidad: moverlo al lecho nupcial. Este lecho nupcial, como ya hemos contado, estaba dispuesto en una pequeña habitación justo al lado del comedor. Sobre la cama había un colchón doble recién comprado, aún sin estrenar, ropa blanca limpia, cuatro almohadas de calicó rosa y, por encima, unas fundas de organdí orladas con un volante. La manta era de raso, rosa, con pespuntes. De un aro dorado que había encima, caía una cortinilla de organdí. En resumen, todo era como debía ser y los invitados —casi todos habían pasado al dormitorio— alabaron la decoración. La recién casada, aunque no podía soportar a Pseldonímov, a lo largo de la tarde había pasado varias veces, sobre todo a escondidas, para echar un vistazo. Y cuál no sería su indignación, su rabia, cuando se enteró de que querían trasladar a su lecho nupcial a un enfermo que sufría de algo que podía ser colerina.

La mamita de la recién casada salió en defensa de esta, blasfemó, prometió quejarse a su marido a la mañana siguiente, pero Pseldonímov se dejó ver y se salió con la suya: trasladaron a Iván Ilich y a los recién casados les prepararon la cama en las sillas de la sala. La joven gimoteaba, estaba dispuesta a dar pellizcos, pero no se atrevió a desobedecer: su padre tenía una muleta, bien lo sabía ella, y también sabía que al día siguiente el padre exigiría cuentas detalladas. Para consolarla, movieron a la sala la manta rosa y las almohadas con fundas de organdí. En ese momento, llegó el joven con el coche; al enterarse de que el coche ya no era necesario, se asustó muchísimo. Le tocaría pagar a él, pero nunca había tenido ni la más mínima moneda. Pseldonímov anunció su bancarrota total. Probaron a convencer al cochero. Pero este empezó a armar ruido e incluso a golpear los postigos. Cómo acabó esto, no lo sé al detalle. Creo que el joven partió prisionero en la carreta en dirección a Peskí,[16] a la calle Cuarta Rozhdéstvenskaia, donde esperaba despertar a un estudiante que pasaba la noche en casa de unos conocidos y averiguar si tenía dinero. Eran ya las cinco de la mañana cuando dejaron a los jóvenes con la puerta de la sala cerrada. Junto a la cama del paciente se quedó toda la noche la madre de Pseldonímov. Se cobijó en el suelo, en una alfombrita,

---

[16] Barrio histórico de la ciudad.

y se tapó con un pequeño abrigo de piel, pero no logró dormir, porque se vio obligada a levantarse a cada minuto: a Iván Ilich le dio una terrible indisposición de estómago. Pseldonímova, una mujer briosa y magnánima, lo desvistió ella sola, le quitó toda la ropa, cuidó de él como si fuera su propio hijo y toda la noche sacó del dormitorio por el pasillo el indispensable vaso y luego volvía a meterlo dentro. Sin embargo, las desgracias de la noche estaban lejos de terminarse.

* * *

No habían pasado ni diez minutos desde que encerraran a solas a los jóvenes en la sala, cuando, de pronto, se oyó un grito desgarrador; no era un grito placentero, sino uno de índole maligno. A los gritos siguió un ruido, un crujido, como si se cayeran varias sillas, y al instante en la estancia, todavía a oscuras, irrumpió sin avisar y entre ayes todo un tropel de mujeres asustadas en todo tipo de «deshabillés». Estas mujeres eran: la madre de la recién casada, su hermana mayor —que había dejado por un momento a sus hijos enfermos—, sus tres tías, incluso se había unido la que tenía una costilla rota. Además estaba la cocinera; la conmensal —quien había ido contando un cuento según el cual le habían arrancado a la fuerza su plumón para dárselo a los recién casados, el mejor que había en la casa

y que constituía su única posesión— también se había unido a las demás. Hacía un cuarto de hora que, desde la cocina, todas estas honorables y perspicaces mujeres se habían deslizado de puntillas por el pasillo y aguzaban el oído en la antesala, devoradas por una curiosidad inexplicable. Mientras, alguien se había apresurado a prender una vela y a todas se les ofreció un espectáculo inesperado. Las sillas, que no habían soportado la carga doble y que sostenían el ancho plumón solo por los lados, habían salido despedidas y el plumón se había ido al suelo entre ellas. La joven gimoteaba de rabia, ahora estaba ofendida de corazón. Un moralmente muerto Pseldonímov estaba de pie cual malhechor pescado en el momento del delito. Ni siquiera intentó justificarse. Por todas partes resonaban ayes y chillidos. Al ruido llegó corriendo la madre de Pseldonímov, pero la mamita de la recién casada esta vez mantuvo una superioridad total. Primero cubrió a Pseldonímov de reproches extraños y, en su mayor parte, injustos sobre el tema: «¿Qué clase de marido serás después de esto, *bátiushka*? ¿Cómo vas a ser útil, *bátiushka*, después de vergüenza tal?», y otros por el estilo; finalmente, agarró a su hija de la mano y se la llevó consigo, apartándola del marido y asumiendo la responsabilidad a la mañana siguiente y ante el terrible padre, que exigiría cuentas. Tras ella se marcharon todas, lanzando ayes y meneado la cabeza. Pseldonímov se quedó solo con su madre, que intentaba consolarlo. Pero este enseguida la echó de allí.

No estaba para consuelos. Se arrastró hasta el sofá y se sumió en reflexiones de lo más lúgubres, puesto que estaba descalzo y con la ropa más imprescindible. Las ideas se le cruzaban y mezclaban en la cabeza. A veces, maquinalmente, recorría con la vista la estancia donde poco antes habían alborotado los bailarines y donde todavía flotaba en el aire el humo de los cigarrillos. Las puntas de estos y los papelitos de los bombones seguían tirados en el suelo pringón y sucio. Las ruinas del lecho nupcial y las sillas derribadas atestiguaban la fragilidad de las mejores y más seguras esperanzas y ensoñaciones terrenales. Se quedó así, sentado, casi una hora. Por la cabeza le pasaban las ideas más penosas, como por ejemplo: ¿qué lo esperaba ahora en el servicio? Era dolorosamente consciente de que debía cambiar de lugar, fuera como fuese: quedarse en el anterior era imposible, precisamente a causa de todo lo ocurrido esa noche. También le pasó por la cabeza Mlekopitáiev, quien quizá mañana mismo le haría bailar otra vez el *kazachok* para poner a prueba su sumisión. Consideraba también que Mlekopitáiev, aunque le había dado cincuenta rublos para el día de la boda, de los que habían consumido hasta el último copec, todavía no tenía intención de darle los cuatrocientos rublos de dote, ni siquiera los había mencionado. Incluso la casa seguía sin estar formalmente registrada. Se paró también a pensar en su mujer, que lo había dejado solo en uno de los momentos más críticos de su vida, en el oficial alto, que se había doblado sobre una rodilla ante su mujer. Esto sí había llegado a verlo; pensó en los siete demonios que había dentro de su mujer, según el propio testimonio de su padre, y en el bastón preparado para hacerlos salir… Por supuesto, sentía que tenía fuerzas para soportar muchas cosas, pero el destino le había arrojado tales sorpresas que quizá fuera el momento de dudar de ellas.

Así penaba Pseldonímov. Mientras, el cabo se consumía. Su luz titilante, que caía sobre el perfil de Pseldonímov, lo reflejaba en la pared a tamaño colosal, con el cuello estirado, la nariz aguileña y dos mechones de pelo erizados sobre la frente y en la nuca. Por fin, cuando empezó a sentirse la frescura de la mañana, se levantó, temblando de frío y con el alma enmudecida, llegó como pudo al plumón entre las sillas y sin recoger nada, sin apagar el cebo, sin colocarse siquiera las almohadas debajo de la cabeza, se metió a gatas en la cama y se quedó dormido con el sueño de plomo y mortal que debían de dormir los condenados a latigazos en la plaza del mercado.

Por otro lado, ¿qué podría compararse con la atormentada noche que pasó Iván Ilich Pralinski en el lecho nupcial del desgraciado Pseldonímov? Durante cierto tiempo ni el dolor de cabeza ni el vómito ni otros accesos desagradabilísimos lo abandonaron ni un minuto. Eran tormentos infernales. La consciencia, aunque apenas aparecía fugazmente, iluminaba tales abismos de espanto, imágenes tan sombrías y repugnantes que era mejor no recuperarla. Por lo demás, todo se le enmarañaba en la cabeza. Reconocía, por ejemplo, a la madre de Pseldonímov, oía sus dulces exhortaciones del tipo: «Aguanta, corazón mío, aguanta, *bátiushka*, la paciencia gana a la dolencia», la reconocía, pero, aun así, no podía darse ninguna referencia lógica a esa presencia allí, a su lado. Se le aparecían visiones repugnantes: la mayoría de las veces se le aparecía Semión Iványch, pero, cuando miraba con atención, se daba cuenta de que no era Semión Iványch, sino la nariz de Pseldonímov. Ante él pasaban fugazmente el pintor libre y el oficial, también la vieja con la mejilla anudada. Lo que más lo ocupaba era el aro dorado que pendía sobre su cabeza y por el que habían pasado unas cortinillas. Lo distinguía claramente a la luz del débil cabo que alumbraba la estancia, y no hacía sino afanarse: ¿para qué servía ese aro?, ¿por qué estaba allí?, ¿qué significaba? Varias veces le preguntó a la viejecita por él, pero, evidentemente, no decía lo que quería decir y ella, por lo visto, no lo comprendía, así que no alcanzaba la explicación. Por fin, ya al amanecer, los accesos se calmaron y se quedó dormido, durmió profundamente, sin sueños. Durmió casi una hora y, cuando se despertó, ya lo hizo plenamente consciente, sintiendo un insoportable dolor de cabeza y en la boca, en la lengua convertida en un retal de paño, un sabor desagradabilísimo. Se incorporó en la cama, miró alrededor y se quedó pensando. La luz pálida del incipiente día, que colaba por las rendijas de los postigos una franja estrechita, temblaba en la pared. Eran cerca de las siete de la mañana. Pero cuando Iván Ilich, de pronto, cayó en la cuenta y recordó todo lo que le había pasado por la tarde, cuando recordó todos los sucesos de la cena, su fracasada hazaña, su discurso a la mesa, cuando se le presentó de un tirón, con espantosa claridad, todo lo que podía resultar, todo lo que dirían y pensarían de él, cuando miró alrededor y vio por fin a qué triste y deforme estado había llevado el apacible lecho nupcial de su subordinado… ¡Ay! Entonces tal vergüenza mortal, tales sufrimientos envolvieron su corazón que lanzó un grito, se cubrió el rostro con las manos y, desesperado, se arrojó sobre la almohada. Un minuto después saltó de la cama, vio allí mismo, en una silla, sus ropas, bien dobladas y ya limpias, las agarró y, a toda prisa, sin perder ni un segundo, mirando en derredor y con mucho miedo, empezó a cubrirse con ellas. También allí, en otra silla, estaban su abrigo de piel y el gorro, así como los guantes amarillos dentro del gorro. Quería haberse escabullido sigilosamente. Pero de pronto se abrió la puerta y entró la vieja Pseldonímova con una palangana de arcilla y un aguamanil. Del hombro le colgaba una toalla. Dejó el aguamanil y sin preámbulos anunció que era necesario y menester lavarse.

—Debe lavarse, *bátiushka*, debe hacerlo, no puede estar sin lavarse…

En ese mismo instante, Iván Ilich fue consciente de que si había en este mundo una sola criatura ante la que podía no sentir vergüenza ni miedo, esa era precisamente esta viejecita. Se lavó. Y hasta mucho tiempo después, en los momentos duros de su vida, se acordaría, entre otros remordimientos de conciencia, de todas las circunstancias de cuando se despertó: de la palangana de arcilla con un aguamanil de fayenza lleno de agua fría en la que todavía flotaba el hielo, y del jabón con un papelito rosa, ovalado, con unas letras grabadas, de unos quince copecs, comprado evidentemente para los recién casados, pero que le correspondió a Iván Ilich abrirlo, también de la viejecita con una toalla de damasco en el hombro izquierdo. El agua fría lo reanimó; se secó y sin decir palabra, sin darle siquiera las gracias a su hermana de la caridad, agarró el gorro, se echó por encima de los hombros el abrigo que le tendía Pseldonímova y por el pasillo, por la cocina —donde ya maullaba el gato y donde la cocinera, incorporada en su cama de paja con ávida curiosidad, lo siguió con la mirada— salió corriendo al patio, a la calle, y se arrojó sobre un cochero que pasaba. La mañana era muy fría, una niebla helada y amarillenta aún cubría las casas y todos los objetos. Iván Ilich se subió el cuello. Pensaba que todos lo estaban mirando, que todos lo conocían, que todos se habían enterado…

***

Estuvo ocho días sin salir de casa y sin aparecer por su puesto. Estaba enfermo, atrozmente enfermo, pero más desde un punto de vista moral que físico. En esos ocho días soportó todo un infierno y, probablemente, se los han tenido en cuenta en el otro mundo. Hubo momentos en que pensó en tomar los hábitos. Es cierto, los hubo. Incluso su imaginación había empezado a descansar en ese caso. Se le presentaban los cantos tranquilos y subterráneos, el sepulcro abierto, la vida en una celda recogida, los bosques y las cuevas; pero en cuanto volvía en sí, se reconocía que todo era un absurdo terrible y una exageración, y se avergonzaba de dicho absurdo. Después empezaban los accesos de moralidad que se centraban en su *existence manquée*. Después la vergüenza volvía a estallarle en el alma, se

adueñaba de ella de tirón y la abrasaba, irritaba la herida. Se echaba a temblar, mientras se imaginaba diferentes situaciones. Qué dirían de él, qué pensarían, cómo iba a entrar en la oficina, qué cuchicheo lo iba a acompañar todo el año, diez años, toda la vida. Su historia quedaría para la posteridad. Incluso a veces caía en tal cobardía que estaba dispuesto a partir en ese mismo momento a ver a Semión Petróvich y pedirle perdón y amistad. Ni siquiera se justificaba ante sí mismo, se hacía todo tipo de reproches: no encontraba excusas y se avergonzaba de ellas.

Pensaba también en solicitar inmediatamente el retiro y así, sin más, en soledad, entregarse a la felicidad de la humanidad. En cualquier caso, debía cambiar sin falta de conocidos y hacerlo de tal forma que extirpara cualquier tipo de recuerdo sobre él. Después veía que era absurdo y que con intensificada severidad para con sus subordinados aún podía reparar este asunto. Entonces empezaba a tener esperanzas y a animarse. Finalmente, al cabo de ocho días enteros de dudas y tormentos, sintió que no podía soportar más esa incertidumbre y *un beau matin*[17] se decidió a ir a la oficina.

Antes, mientras todavía estaba en casa, angustiado, se representó mil veces cómo entraría en la oficina. Espantado, se convenció de que iba a oír seguro un

---

[17] En francés, «un buen día».

cuchicheo ambiguo a sus espaldas, que iba a ver rostros ambiguos, que cosecharía sonrisas malignas. Cuál sería su sorpresa cuando nada de esto ocurrió. Lo recibieron respetuosamente; lo saludaban con leves inclinaciones, todos estaban serios, todos estaban ocupados. Su corazón se colmó de alegría cuando alcanzó su despacho.

Enseguida se ocupó de sus asuntos con gran seriedad, escuchó varios informes y declaraciones, tomó decisiones. Sentía que nunca antes había razonado y decidido con tanta cordura, con tanta eficiencia, como en esa mañana. Veía que estaban contentos con él, que lo tenían en consideración, que lo trataban con respeto. El recelo más cosquilloso no habría podido notar nada. Todo iba de maravilla.

Finalmente se presentó Akim Petróvich con unos papeles. Ante su aparición, Iván Ilich sintió como una punzada en el corazón, pero solo por un pequeño instante. Se ocupó de Akim Petróvich, se explicó con aires de importancia, le señaló cómo había que hacer y le aclaró todo. Lo único que notó fue que parecía evitar durante demasiado rato mirar a Akim Petróvich o, mejor dicho, que este tenía miedo de mirarlo. Pero entonces Akim Petróvich terminó y se puso a recoger los papeles.

—Hay otra petición —empezó de la forma más seca posible—, es del funcionario Pseldonímov por una traslación de departamento... Su excelencia Semión

Ivánovich Shipulenko le ha prometido un puesto. Pide su apoyo favorable.

—Ah, así que se cambia... —dijo Iván Ilich y sintió que su corazón se libraba de una enorme carga. Miró a Akim Petróvich y en ese momento sus miradas se encontraron.

—Bueno, por mi parte..., yo hago uso... —respondió Iván Ilich—. Estoy dispuesto.

Eran visibles las ganas de Akim Petróvich por escabullirse cuanto antes. Sin embargo, en un arranque repentino de generosidad, Iván Ilich decidió ofrecer sus últimas aclaraciones. Era evidente que había vuelto a encontrar la inspiración.

—Transmítale —empezó, fijando en Akim Petróvich una mirada clara y llena de profundo significado—, transmítale a Pseldonímov que no le deseo ningún mal, así es, no se lo deseo... Que, por el contrario, estoy dispuesto a olvidar todo lo ocurrido, a olvidar todo, todo...

Pero, de pronto, Iván Ilich se interrumpió, sorprendido ante el extraño el extraño comportamiento de Akim Petróvich, que, sin saber por qué, había pasado de ser un hombre sensato a uno terriblemente idiota. En lugar de escucharlo, y de hacerlo hasta el final, enrojeció de repente como si hubiera oído una enorme tontería, empezó de una forma un tanto acelerada e incluso poco adecuada a hacer pequeñísimas reverencias, al mismo tiempo que reculaba hacia la puerta. Todo su aspecto expresaba el deseo de que lo tragara la tierra o, mejor dicho, de llegarse cuanto antes a su sección. Una vez a solas, Iván Ilich se levantó de la mesa, desconcertado. Se miró al espejo y no distinguió su rostro.

—Nada, severidad, ¡solo severidad y más severidad! —susurró para sí casi inconscientemente; de pronto, un color vivo le cubrió el rostro. Sintió tantísima vergüenza de repente, tantísima pena, como no la había sentido en los momentos más insoportables de sus ocho días de enfermedad—. ¡No he aguantado! —se dijo e, impotente, se dejó caer en la silla.

Esta edición de *Una historia desagradable*,
compuesta en tipos Arno Pro 12/15 sobre papel offset
Natural de Vila Seca de 120 g, se acabó de imprimir
en Madrid el día 11 de noviembre de 2021, bicentenario
del nacimiento de Fiódor Dostoievski